吉林全書

著述編

⑦

吉林文史出版社

圖書在版編目（CIP）數據

成多禄集 /（清）成多禄著 . -- 長春 : 吉林文史出版社 ,2024. 12. --（吉林全書）. -- ISBN 978-7-5752-0835-2

Ⅰ . I222.749 ; K825.72 ; K820.9

中國國家版本館 CIP 數據核字第 202476ZC48 號

CHENG DUOLU JI

成 多 禄 集

著　　者　［清］成多禄

出 版 人　張　强

責任編輯　王　非　柳永哲

封面設計　溯成設計工作室

出版發行　吉林文史出版社

地　　址　長春市福祉大路5788號

郵　　編　130117

電　　話　0431-81629356

印　　刷　吉林省吉廣國際廣告股份有限公司

印　　張　44

字　　數　143千字

開　　本　787mm × 1092mm　1/16

版　　次　2024年12月第1版

印　　次　2024年12月第1次印刷

書　　號　ISBN 978-7-5752-0835-2

定　　價　225.00圓

《吉林全書》編纂委員會

總序

『長白雄東北，嵯峨俯塞州。』吉林省地處中國東北中心區域，是中華民族世代生存融合的重要地域，素有『白山松水』之地的美譽。歷史上，華夏、濊貊、肅慎和東胡族系先民很早就在這片土地上繁衍生息，高句麗、渤海國等中國東北少數民族政權在白山松水間長期存在，以契丹族、女真族、蒙古族、滿族融合漢族在内的多民族形成的遼、金、元、清四個朝代，共同賦予吉林歷史文化悠久獨特的優勢和魅力，決定了吉林文化不可替代的特色與價值，具有緊密呼應中華文化整體而又與衆不同的生命力量，見證了中華民族共同體的融鑄和我國統一多民族國家的形成與發展。

提到吉林，自古多以千里冰封的寒冷氣候爲人所知，一度是中原人士望而生畏的苦寒之地，一派肅殺之氣。再加上吉林文化在自身發展過程中存在着多次斷裂，致使衆多文獻湮没、典籍無徵，一時多少歷史文化精粹『明珠蒙塵』，因此，形成了一種吉林缺少歷史積澱，文化不若中原地區那般繁盛的偏見。實際上，在數千年的漫長歲月中，吉林大地上從未停止過文化創造，自青銅文明起，從先秦到秦漢，再到隋唐直至明清，吉林地區不僅文化上不輸中原地區，還對中華文化産生了深遠的影響，爲後人留下了衆多優秀古籍，涵養着吉林文化的根脉，猶如璀璨星辰，在歷史的浩瀚星空中閃耀着奪目光輝，標注着地方記憶的傳承與中華文明的賡續。我們需要站在新的歷史高度，用另一種眼光去重新審視吉林文化的深邃與廣闊，通過豐富的歷史文獻典籍去閲讀吉林文化的傳奇與輝煌。

吉林歷史文獻典籍之豐富，源自其歷代先民的興衰更替、生生不息。吉林文化是一個博大精深的體系，從左家山文化的『中華第一龍』，到西團山文化的青銅時代遺址，再到二龍湖遺址的燕國邊城，都見證了吉林大地的文明在中國歷史長河中的肆意奔流。早在兩千餘年前，高句麗人的《黃鳥歌》《人參贊》以及《留記》等文史作品就已在吉林誕生，成爲吉林地區文學和歷史作品的早期代表作。高句麗文人之《新集》，渤海國人『疆理雖重海，車書本一家』之詩篇，金代海陵王詩詞中的『一咏一吟，冠絶當時』，再到金代文學的『華實相扶，骨力遒上』，皆凸顯出吉林不遜文教、獨具風雅之本色。

吉林歷史文獻典籍之豐富，源自其地勢四達并流、山水環繞。吉林土地遼闊而肥沃，山河壯美而令人神往，吉林大地可耕可牧、可漁可獵，無門庭之限，亦無山河之隔，進出便捷，四通八達。沈兆禔在《吉林紀事詩》中寫道，『肅慎先徵孔氏書』，印證了東北邊疆與中原交往之久遠。早在夏代，居住於長白山脚下的肅慎族就與中原建立了聯係。一部《吉林通志》，『考四千年之沿革，挈領提綱；綜五千里之方輿，辨方正位』，從時間和空間兩個維度，寫盡吉林文化之淵源深長。

吉林歷史文獻典籍之豐富，源自其民風剛勁、民俗絢麗。《長白徵存録》寫道，『日在深山大澤之中，伍鹿豕、耦虎豹，非素嫻技藝，無以自衛』，描繪了吉林民風的剛勁無畏，爲吉林文化平添了幾分豪放之感。清代藏書家張金吾也在《金文最》中評議，『知北地之堅强，絶勝江南之柔弱』，足可見，吉林大地與生俱來的豪健英杰之氣。同時，與中原文化的交流互通，也使邊疆民俗與中原民俗相互影響、不斷融合，既體現出敢於拼搏、鋭意進取的開拓精神，又兼具脚踏實地、穩中求實的堅韌品格。

吉林歷史文獻典籍之豐富，源自其諸多名人志士、文化先賢。自古以來，吉林就是文化的交流彙聚之地，從遼、金、元到明、清，每一個時代的文人墨客都在這片土地留下了濃墨重彩的文化印記。特别是，清代東北流人的私塾和詩社，爲吉林注入了新的文化血液，用中原的文化因素教化和影響了東北的人文氣質和文化形態；至近代以『吉林三杰』宋小濂、徐鼐霖、成多禄爲代表的地方名賢，以及寓居吉林的吴大澂、金毓黻、劉建封等文化名家，將吉林文化提升到了一個全新的高度，他們的思想、詩歌、書法作品中無一不體現着吉林大地粗狂豪放、質樸豪爽的民族氣質和品格，滋養了孜孜矻矻的歷代後人。

盛世修典，以文化人，是中華民族延續至今的優良傳統。我們在歷史文獻典籍中尋找探究有價值、有意義的歷史文化遺産，於無聲中見證了中華文明的傳承與發展。吉林省歷來重視地方古籍與檔案文獻的整理出版。自二十世紀八十年代以來，李澍田教授組織編撰的《長白叢書》，開啓了系統性整理、組織化研究吉林文獻典籍的先河，赢得了『北有長白，南有嶺南』的美譽；進入新時代以來，鄭毅教授主編的《長白文庫》叢書，繼續肩負了保護、整理吉林地方傳統文化典籍，弘揚民族精神的歷史使命，從大文化的角度折射出吉林文化的繽紛异彩。隨着《中國東北史》和《吉林通史》等一大批歷史文化學術著作的問世，形成了獨具吉林特色的歷史文化研究學術體系和話語體系，對融通古今、賡續文脉發揮了十分重要的作用。正是擁有一代又一代富有鄉邦情懷的吉林文化人的辛勤付出和豐碩成果，使我們具備了進一步完整呈現吉林歷史文化發展全貌，淬煉吉林地域文化之魂的堅實基礎和堅定信心。

當前，吉林振興發展正處在滚石上山、爬坡過坎的關鍵時期，機遇與挑戰并存，困難與希望同在。站在這樣的歷史節點，迫切需要我們堅持高度的歷史自覺和人文情懷，以文獻典籍爲載體，全方位梳理和展示吉林政治、經濟、社會、文化發展的歷史脉絡，讓更多人瞭解吉林歷史文化的厚度和深度，感受這片土地獨有的文化基因和精神氣質。

鑒於此，吉林省委、省政府作出了實施《吉林全書》編纂文化傳承工程的重大文化戰略部署，這不僅是深入學習貫徹習近平文化思想、認真落實黨中央關於推進新時代古籍工作要求的務實之舉，也是推進吉林優秀傳統文化保護傳承、建設文化强省的重要舉措。歷史文獻典籍是中華文明歷經滄桑留下的最寶貴的東西，是吉林優秀歷史文化『物』的載體，彙聚了古人思想的寶藏、先賢智慧的結晶。對歷史最好的繼承，就是創造新的歷史。傳承延續好這些寶貴的民族記憶，就是要通過深入挖掘古籍藴含的哲學思想、人文精神、價值理念、道德規範，推動中華優秀傳統文化創造性轉化、創新性發展，作用于當下以及未來的經濟社會發展，更好地用歷史映照現實、遠觀未來。這是我們這代人的使命，也是歷史和時代的要求。

從《長白叢書》的分散收集，到《長白文庫》的萃取收録，再到《吉林全書》的全面整理，以歷史原貌和文化全景的角度，進一步闡釋了吉林地方文明在中華文明多元一體進程中的地位作用，講述了吉林人民在不同歷史階段爲全國政治、經濟、文化繁榮所作的突出貢獻，勾勒出吉林文化的質實貞剛和吉林精神的雄健磊落、慷慨激昂，引導全省廣大幹部群衆更好地瞭解歷史、瞭解吉林，挺起文化脊梁、樹立文化自信，不斷增强砥礪奮進的恒心、韌勁和定力，持續激發創新創造活力，提振幹事創業的精氣神，爲吉林高品質發展明顯進位、全面振興取得新突破提供有力文化支撑，彙聚强大精神力量。

爲扎實推進《吉林全書》編纂文化傳承工程，我們組建了以吉林東北亞出版傳媒集團爲主體，涵蓋高等院校、研究院所、新聞出版、圖書館、博物館等多個領域專業人員的《吉林全書》編纂委員會，并吸收國内知名清史、民族史、遼金史、東北史、古典文獻學、古籍保護、數字技術等領域專家學者組成顧問委員會，經過認真調研、反復論證，形成了《〈吉林全書〉編纂文化傳承工程實施方案》，確定了『收集要全、整理要細、研究要深、出版要精』的工作原則，明確提出在編纂過程中不選編、不新創，尊重原本、致力全編，力求全方位展現吉林文化的多元性和完整性。在做好充分準備的基礎上，《吉林全書》編纂文化傳承工程於二〇二四年五月正式啓動。

爲高質量完成編纂工作，編委會對吉林古籍文獻進行了空前的彙集，廣泛聯絡國内衆多館藏單位，尋訪民間收藏人士，重點以吉林省方志館、東北師範大學圖書館、長春師範大學圖書館、吉林省社科院爲收集源頭開展了全面的挖掘、整理和集納；同時，還與國家圖書館、上海圖書館、南京圖書館、遼寧省圖書館、吉林省圖書館、吉林市圖書館等館藏單位及各地藏書家進行對接洽談，獲取了充分而精准的文獻信息。同時，專家學者們也通過各界友人廣徵稀見，在法國國家圖書館、日本國立國會圖書館、韓國國立中央圖書館等海外館藏機構搜集到諸多珍貴文獻。在此基礎上，我們以審慎的態度對收集的書目進行甄别、分類、整理和研究，形成了擬收録的典藏文獻名録，分爲著述編、史料編、雜集編和特編四個類别。此次編纂工程不同於以往之處，在於充分考慮吉林的地理位置和歷史變遷，將散落海内外的日文、朝鮮文、俄文、英文等不同文字的相關文獻典籍一并集納收録，并以原文搭配譯文的形式收於特編之中。截至目前，我們已陸續對一批底本最善、價值較高的珍稀古籍進行影印出版，爲館藏單位、科研機構、高校院所以及歷史文化研究者、愛好者提供參考和借鑒。

『周雖舊邦，其命維新』，文獻典籍最重要的價值在於活化利用。編纂《吉林全書》并不意味着把古籍束之高閣，而是要在『整理古籍、複印古書』的基礎上，加强對歷史文化發展脉絡的前後貫通、左右印證，更好地服務於對吉林歷史文化的深入挖掘研究。爲此，我們同步啓動實施了『吉林文脉傳承工程』，旨在通過『研究古籍、出版新書』，讓相關學術研究成果以新編新創的形式著述出版，借助歷史智慧和文化滋養，通過創造性轉化、創新性發展，探尋當前和未來的發展之路，以守正創新的正氣和鋭氣，賡續歷史文脉、譜寫當代華章。

做好《吉林全書》編纂文化傳承工程是一項『汲古潤今，澤惠後世』的文化事業，責任重大、使命光榮。我們將秉持敬畏歷史、敬畏文化之心，以精益求精、止於至善的工作信念，上下求索、耕耘不輟，爲實現文化種子『藏之名山，傳之後世』的美好願景作出貢獻。

《吉林全書》編纂委員會

二〇二四年十二月

凡　例

一、《吉林全書》（以下簡稱《全書》）旨在全面系統收集整理和保護利用吉林歷史文獻典籍，傳播弘揚吉林歷史文化，推動中華優秀傳統文化傳承發展。

二、《全書》收録文獻地域範圍，首先依據吉林省當前行政區劃，然後上溯至清代吉林將軍、寧古塔將軍所轄區域内的各類文獻。

三、《全書》收録文獻的時間範圍，分爲三個歷史時段，即一九一一年以前，一九一二至一九四九年，一九四九年以後。每個歷史時段的收録原則不同，即一九一一年以前的重要歷史文獻，收集要『全』；一九一二至一九四九年間的重要典籍文獻，收集要『精』；一九四九年以後的著述豐富多彩，收集要『精益求精』。

四、《全書》所收文獻以『吉林』爲核心，着重收録歷代吉林籍作者的代表性著述，流寓吉林的學人著述，以及其他以吉林爲研究對象的專門著述。

五、《全書》立足於已有文獻典籍的梳理、研究，不新編、新著、新創。出版方式是重印、重刻。

六、《全書》按收録文獻内容，分爲著述編、史料編、雜集編和特編四類。

著述編收録吉林籍官員、學者、文人的代表性著作，亦包括非吉林籍人士流寓吉林期間創作的著作。作品主要爲個人文集，如詩集、文集、詞集、書畫集等。

史料編以歷史時間爲軸，收録一九四九年以前的歷史檔案、史料、著述，包含吉林的考古、歷史、地理資料等；收録吉林歷代方志，包括省志、府縣志、專志、鄉村村約、碑銘格言、家訓家譜等。

雜集編收録關於吉林的政治、經濟、文化、教育、社會生活、人物典故、風物人情的著述。

特編收録就吉林特定選題而研究編著的特殊體例形式的著述。重點研究認定『滿鐵』文史研究資料和東北亞各民族不同語言文字的典籍等。關於特殊歷史時期，比如，東北淪陷時期日本人以日文編寫的『滿鐵』資料作爲專題進行研究，以書目形式留存，或進行數字化處理。開展對滿文、蒙古文，高句麗史、渤海史、遼金史的研究，對國外研究東北地區史和高句麗史、渤海史、遼金史的研究成果，先作爲資料留存。

七、《全書》出版形式以影印爲主，影印古籍的字體版式與文獻底本基本保持一致。

八、《全書》整體設計以正十六開開本爲主，對於部分特殊内容，如，考古資料等書籍采用一比一的比例還原呈現。

九、《全書》影印文獻每種均撰寫提要或出版説明，介紹作者生平、文獻内容、版本源流、文獻價值等情況。影印底本原有批校、題跋、印鑒等，均予保留。底本有漫漶不清或缺頁者，酌情予以配補。

十、《全書》所收文獻根據篇幅編排分册，篇幅適中者單獨成册，篇幅較大者分爲序號相連的若干册，篇幅較小者按類型相近或著作歸屬原則數種合編一册。數種文獻合編一册以及一種文獻分成若干册的，頁碼均單排。若一本書中收録兩種及以上的文獻，將設置目録。各册按所在各編下屬細類及全書編目順序編排序號，全書總序號則根據出版時間的先後順序排列。

成多禄集

成多禄　著

提　要

成多禄（一八六四至一九二八），蒙古族。原名恩齡，字竹山，號澹堪，著名書法家，祖籍山西太原，後遷吉林省其塔木鎮，隸漢軍正黄旗。精詩文、功書法，詩詞、文稿、墨迹遍及東北三省，被喻爲『吉林三杰』之一、『東北四大書法家』之一。光緒三十一年（一九〇五），任黑龍江綏化府知府。民國五年（一九一六），當選爲吉林省第二届參議院議員，同年，赴京歷任教育部審核處處長、圖書館副館長。本文集收録著述四種：

一、《澹堪詩草》詩歌集。收詩五百餘首，萬餘字，多係辛亥革命前作。大多爲描寫北方風光景物，反映動亂社會現實、人民疾苦，指斥時政，抒發個人感情之作。民國四年（一九一五）刻本。

二、《澹盦詩草》詩集，係作者青年時代之詩作。光緒乙未年（一八九五）石印本。

三、《澹堪年譜稿》一名《澹堪居士年譜稿》，是譜止於四十九歲，即宣統帝廢黜之年。逐年記述其家庭、學習、從政及親友情况。一九二四年刻本。

四、《吉林成氏家譜》一函三册。譜分世系、支派、塋墓、遷徙、祠宇、祭田、命名、婚嫁、藝文、恩榮等十篇。一九一〇年石印本。

爲盡可能保存古籍底本原貌，本書做影印出版，因此，書中個别特定歷史背景下的作者觀點及表述内容，不代表編者的學術觀點和編纂原則。

目録

澹堤說艸

甲寅季冬

宋小濂署

板藏吉林
成氏澹堪

澹堪詩艸敘

余耳澹堪詩名久而締交最晚憶光緒癸未余應童子試冠軍澹堪適雋選拔同出彰陽朱研生先生門晉見之長身玉立翩翩佳公子也

心慕之而未及接洽後余奔走
四方與澹堪不相見者二十年
能偶遇鄉人士之及吉林英
俊之能詩者必曰成竹山成竹
山竹山者澹堪字也且恒於友
好間見澹堪所為書心益慕

之歲甲辰余佐黑龍江軍幕適獲与滌堪共事把臂溪談始知二十年來滌堪之慕余亦如余之慕滌堪也千里神交一朝合併時促膝研究當世事以相劘厲暇索其詩

則謂庚子遭亂稿盡失間憶數首寫讀如庚子塞上諸作蒼涼悲歎不減放翁頃緣以軍書旁午困於料量潦倒旅出守綏化余亦于役都門不獲多憶多寫嘗以是咎潦倒之懶戍

申余權鎮呼倫貝尔澹堪方棄綬化守偕雲陽程公之上海咲間徧游吴越佳山水与東南名宿相論議今年春程公被名入都旋挂奉天澹堪始終以之时東事正棘有所觸一寓於詩

有作必附書寄余之讀而異之
因歎澹堪此游得於江山之助
友朋之益與夫世變之感以增
長其識力者為不少也能繼以
未得其全為憾冬十月澹堪
自奉天越吉林黑龍江度興

安領東訪笈之求爰遍啓篋手數冊出曰君嘗咎我嬾不多寫詩今破一月工寫成束矣能為我一刪訂乎余受讀一過其惓惓家國之心敦篤師友之誼時時見於篇章因以公暇為

之參訂去取乃知滄浪之詩之佳在乎原本性情而山川之助友朋之益與夫世變之感不過壯夫波瀾藉抒懷抱焉耳矣吾儕處東陲文化開最晚二百年來有以詩鳴者

澹堪獨能綜懷遠邁逸想横飛抗衡中原來邊多讓洵足壯江山之色增吾黨之光矣雖然時事日艱東局尤迫正賴一二有志之士相与栖皇奔走挽救于萬一余与澹堪生於

斯長於斯風俗所研究而劘厲之者文叔君注重於斯將多所遜而卸其責耶吾願澹懷毋徒灑心香慮以詩人自命也乎

宣統紀元己酉小雪後五日姚

愫兄宋小濂鐵某氏敘於新
改呼倫兵備道署

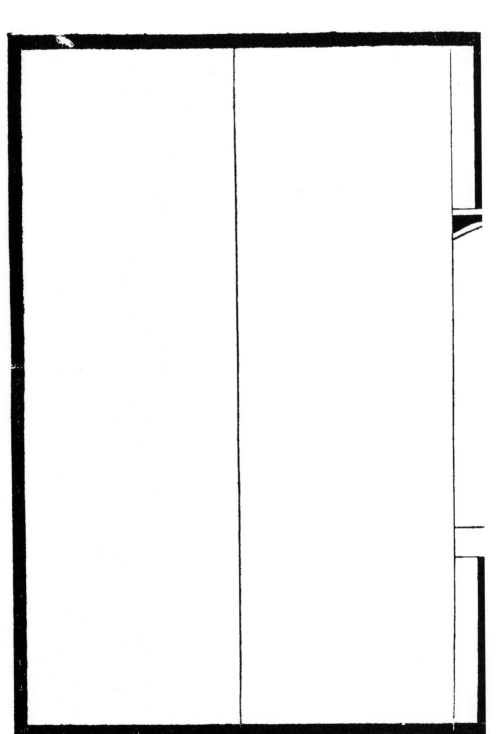

澹堪詩草目錄

玉鏡河

裏河

仙槎河

帶河

移家

把釣同沙研齋仝消夏之一

送劉仲蘭之呼蘭

自笑二首

洞簫曲

懷沙研齋

題缶廬集

寄張北墻四首

集思賢堂贈同人二首

寄宋錢某兵備

同鄭蘇戡先生車中遇雨四首

同朱古微侍郎劉伯崇殿撰鄭㫖問中翰胡右

階觀察集滄浪亭二首

宴拙政園和胡右階韻

題沈幼卿井梧懷舊圖

燉煌石室唐人寫經卷子三首爲彭彝仲仝

半塘龍壽寺觀元僧善繼血書華嚴經同朱古微鄭小坡吳倉石

寒山寺紀游四首

贈吳缶廬

游李公祠二首

醉盦蓺鞠圖

西風

以詩代柬慰錢某兵備四首

缶廬爲我治印報之以詩

題胡右階瑶艇填詞圖

寄想園宴集同莫中諸子仝
題李右軒秋江羣鷺圖爲宋都督仝
暫龕北來留十餘日而去良朋將別不能無詩
徐敬宜小照二首
懷人詩四首
留別二首
送魁星階入都四首
烏拉懷古二首

澹堪詩草

吉林成多祿竹山

其塔木屯吉林鄉村多以屯名者蓋皆古來征戰之所取屯兵之義余家世居于此在烏拉城北八十五里去吉林百五十里

東望古原平孤邨夕照明山光楓葉暗邊影柳條横
齊晉多鄉語里中多山左右人金遼有重兵田間雨後往往得古錢遺鏃皆金遼時物也滄桑無限感惆悵故園情
特地闢荆榛先廬此卜隣西山讀書處南浦釣魚人
榆柳栽全老繞廬榆柳數行皆先君手植桑麻俗自醇金源與宋瓦何處弔遺民

里中山水詩

太平山在余宅東半里許俗呼曰東嶺

邨歌自太平山容自太古蒼然落秋原蓬萊有左股

千秋嶺在余宅西里許俗名西嶺

出山見我情在山見我性我自有千秋山靈爾休競

抱山在余宅之西南里餘俗名山圈先中憲公墓在此

松楸圍若環佳氣入懷抱傷哉萬古情斜陽下秋草

平岡在余宅南八里許俗呼山前懷

山勢蜿蜒來平遠如人意何如破空走一與蟄龍戲

孤秀山在余家正南三十五里俗呼尖山子

南行三十里孤秀常隨我歸來卧舊廬青色一總可

三台山 在余宅後俗名小北山

老屋倚山阿如在三台上五雲光陸離中有漁樵唱

飲碧河 在余宅之東半里許俗呼東小河

老子騎青牛一飲春波碧至今河畔水猶有神仙迹

玉鏡河 在余宅西半里俗名燒鍋前河

人愛春水生匳影搖不定我愛秋水清月照雙明鏡

裏河 宅南半里許即其塔木河

一水襟我前去家裁半里柳陰人過橋彷彿裏湖裏

仙槎河 宅南三里許俗名三叉河

波路去如箭溶溶水一曲乘槎人未歸繡隴摇新緑

帶河宅北在山後俗呼北小河

流澌淺且清宛轉如衣帶人家住白雲雲在水聲外

移家

柴門一曲抱江斜暫息塵勞向水涯天過重三猶帶冷隣非元九也移家轍尋深巷人初到徑埽空庭鳥不譁何事靜中參妙諦畫眉聲裏落群花

把釣同沙研齋仝消夏之一

不衫不履不披蓑境自蕭閒人自幽得水便佳容小住無魚亦樂愛停舟緑筠葉重笠如隊紅藕花深衣

欲秋何處雪鱸長數尺癡心將問五湖鷗

送劉仲蘭之呼蘭

鎦君鎦君去不顧尋師獨入雲深處秋風庫葉一扁舟斜日伊蘭千里路君並有伯利三姓之行庚寅之歲喜初逢我與君家一巷中氣象汪汪黃叔度照人剪水點雙瞳清談從此留真賞夜話篝鐙時來往得逢好友舊盟心欲索解人先鼓掌周籃秦燹漢瓦文圖書金石兩紛紜畫家自古傳三昧書法于今重八分驀地祖劉中夜起方覺雕蟲技小矣男兒生長天地間不能爲將宜爲使鬚髮將凋可奈何坐令勳業久蹉跎我

聞此語爲君壯燕趙相逢忼慨多金源自古稱雄郡
殘碑斷碣無人問偶然名士著名邦斗覺山川增氣
韻此時耳熱酒初酣别緒唫秋與澹堪宅日邊雲回
首處荻花楓葉滿江南

自笑二首

自笑蘭成住小園一廬人外息囂喧報來有客僮先
喜嬾去裁書友亦原壯歲縱餘千里志名山敢詡一
家言素心如此誰相問風滿秋江月滿軒
讀易看山喜静沈蕭蕭黄葉鎖庭陰無官便少秋風
想有感方知夜雨心三徑淵明成菊癖十年皇甫仑

書淫婦除使酒驚筵意獨對青鐙味自深

洞簫曲 有序

昔者商婦琵琶白傅聞而下淚公孫劍器杜陵感而成詩念潯陽之遷謫歎天寶之流離其寄慨有自來矣余有數畝弊廬宋寞人外當干戈滿地恨絲竹無緣忽於隔院隱度簫聲旣如怨而如慕似傳不得志之平生不相識且相逢有莫可奈何之感喟則雖里居難問已同隨鳳之鴉更兼烽燹頻驚翻仝逐鷹之雉亦可謂春士工愁秋孃善怨者矣時則

素月流天人影在地當深夜聽歌之下動聞
聲起舞之心僕本恨人聆之而心驚不已後
之覽者庶幾其有感斯文爰爲長句一章曰

洞簫曲

孤月團團貼黄玉逼人毛髮清如浴何處飛來蕭一
聲驚回小院斜煙緑我亦因簫憶玉人玉人對此更
傷神不知羈鳥渾無伴但覺流鶯是比隣隔墻聞得
嗚嗚語簫聲漸歇淚如雨初猶隱約轉分明自言本
是遼東女遼東大道爭緐華纏頭年少游狹斜酒緑
鐙紅響環珮緩歌慢舞凝琵琶無雙妙技圓圓曲弟

一才名小小家此日簫聲能引鳳珠喉宛轉香風送
一曲爭傳白紵詞十年未醒青樓夢海東鼙鼓忽驚
人南迎北送皆風塵幸離玉碎珠沈厄祇賸鸞飄鳳
泊身來此松花江上住可憐朝朝復莫莫黃金何處
買青春昔日同車今陌路重調曲調倍傷情初聞猶
似怨湘靈緐絃一轉銀河瀉天驚石裂刀鎗鳴有時
淒楚若枯木新人舊人一齊哭有時奇險行路難山
鬼嘯雨猩號寒我聞前語已如醉泊聞此音重下淚
天涯淪落有誰同不堪回首當年事杜欽京國久知
名劉向黃金鑄未成思量紅袖成心賞感動青衫是

尾聲天荆地棘干戈勁恨不隨人變名姓秋深平子
每工愁體弱仲宣復善病感此空山歲月多西風沈
醉怕聞歌青眸不遇紅顏老一樣伊凉喚奈何夜色
茫茫銀箭永天風泠泠玉叙泠曲終月淡悄無人空
江寥落青峰影

懷沙研齋

大江流萬里今古幾詩才獨有中原感高歌思壯哉
相知雖恨晚夙志豈能灰此夕正風雨故人殊不來

曉行

出關黃葉欲飛時京洛風塵綠鬓知萬點殘秋縈夢

轂半竿初日上鞭絲策時才愧陳同甫思舊情深向子期咲我征人無一事且行且止且吟詩

錦州道中

萑符未靖戒心多畫角聲中萬馬過好是一船風浪靜澹煙斜日渡凌河

醫無閭山

蜿蜒三百里帶厲鎖邊疆直控三韓影平分五嶽凉天將石仑畫人以果爲糧笨馬自茲去滿襟松桂香

宿望海店

鴉盤遠勢欲黃昏我亦隨鴉入此村山小於拳浮岸

腳潮平如掌黿雲根寒煙影裏僧歸寺黃葉聲中客打門杯酒盈盈殊鮮意好銷塵夢醉詩魂

哭亾室孟孺人三十首

夫婿生平不解愁經營辛苦廿餘秋是儂無福卿無命如此因緣未白頭

紅袖添香伴讀書一家眷屬有誰如男聲緩緩歸來後陌上花開二月初

妝罷紅蓮睡正酣小牕兒女語喃喃劇憐道韞青紗障清絶滔滔玉麈談

長齋繡佛記年年每夜焚香自告天靜對薰鑪人不

語畫簾如雨雨如煙
蕉雪松風竹露邊此中況味最纏緜烹茶釀酒尋常
事思到卿身便惘然
結髮盈盈照繡幃季年燕瘦早環肥生平小膽空房
怯此日睘睘何處歸
靈幃深夜泣哌哌人語迷離鬼語孤望斷珊珊環佩
影是耶非處有耶無
獨憐阿母夜深來一慟沈緜劇可哀想到龍鍾呼不
起也應有淚洒泉臺
自悔從前領略疏衣香衾影太模糊九原告語君須

記莫憶人間薄倖夫
挈妻我欲學劉綱小住江城已十霜記得重陽風雨
夜大家團坐說還鄉
留將旨蓄奉姑嘗春韭秋菘甕幾雙絕似傷心元相
語添薪槐葉打秋牕
枉說冬來照玉容白狐裙帽愛輕鬆欲尋鏡裏纖纖
影除是瑤臺月下逢
曾哭當年女二薌三聲淚下斷人腸相逢泉路須相
認瘦影俜仃是女孃
生前面目未全非珊步無聲玉體微誤認橫陳宜此

夜淒涼猶著嫁時衣

白衣兒女燦如麻喚母無聲轉喚爺我更無知憐幼子衆人哭處笑啞啞

苦將身後事安排鎮日營營莫與齋家運如斯須打算自然先我死爲佳

每思小飲總魂銷今夜殷勤斗酒澆酬汝一生清苦志自携十萬紙錢燒

何須潘岳太傷神何必莊生學鼓盆萬樹棋華千點月爲君今夜賦招魂

我似鰥魚夜不眠槐安好夢總難圓鄰家也有糟糠

婦問爾何修共百年
寄内詩詞匭内多迴文也感寳連波於今底事成幽
怨盡屬人間懊惱歌
蓬萊仙子管書彤霧閣雲牕事杳冥愁煞曲終人不
見滿山楓葉一時青
孱骨支牀瘦似雞若令卿見早酸嘶可憐忍淚加餐
飯獨對高堂不忍嚥
漫説衾同穴亦同此身訣別竟西東三生杜牧情無
限從此人間萬念空
神鬼皆驚風雨聞縱横筆陣埽千軍秋燐野魅君休

畏好誦兒夫祭汝文
由來根器忒聰明偏是空禪妒有情似此柔腸牽不
了宅生爾我願無生
平時小別淚先盈至此何無一淚橫想是阿儂眞負
汝到頭恩怨總難明
歸家百里挂蒲帆手自烹魚笑我饞今日忽經江上
路酒痕和淚上青衫
烏絲長卷手輕描索字紅牕慰宋家聽徹洞簫嗚咽
曲一聲隔斷愛河橋
無端痛失魏城君惆悵東坡海外文重覓小游仙館

路落花如㝱鎖孤墳

挑鐙嗚咽寫新詩汝豈知耶其不知白傅歌成長恨

在天荒地老渺難期

挽誠勇公堯山將軍

豐沛英雄特起多千秋人唱大風歌將軍百戰能防

海留守三呼未渡河帝倚長城資閫外人驚短笛起

山阿衹今故吏遼東滿應有奇勳繼伏波

五軍十道劇悲哀海色天容慘不開全局危時公竟

去大星隕處我剛來空悲方叔成元老誰識劉蕡是

霸才欲賦招魂招不得知音寥落感琴材

寄懷于次棠師

耀馬横戈事總虚，辭家賸有一囊書。深嘗世味文難信，沈醉離懷酒不如。幕上春風巢鷰子，江邊秋水夢鱸魚。宅時梧酒重逢處，好是黄花九月初。

題談飽帆卧薪圖卷子四首

鴻雪何年悟夙因，一龕風雨寄吟身。誰知嶺表天涯客，偏是江干畫裏人。吉林亦有此畫 絶漠吞氈蘇典屬，窮湘采芷屈靈均。箇中有恨誰能識，豈獨烽煙泣小臣。君詩有烽煙泣小臣之句

枕罷琱戈夢已凉，滿身猶帶玉門霜。思深未免心如

醉恩重何辭膽共嘗卧雪縱餘名士氣乘風不分少
年狂陳情疏與新詩草一樣爭鈔滿洛陽
虞卿窮後有奇書公子槃槃意態殊花落西清仙夢
遠蓬飄東國客情孤吟成白雪窺初本揮盡黄金賸
此圖今日重尋開卷處萬花如雪捲秋蘆
荆棘中原唤奈何孤鐙深夜影婆娑感君代父纆縲
意使我思親涕泗多萬里邊聲悲鐵騎十年心事恨
銅駝願將忠孝神仙志璀璨詩篇永不磨

紀事

極北狼烽照兩京將軍猶自喜談兵書投子玉諸君

戲將拜淮陰戰士驚前席每多神鬼問讕言偏笑觸蠻爭可憐嗚咽淮南水已作秋風萬馬聲

九衢白日莽煙塵鐵牡横飛晝少人尚説狂瀾迴碧海豈知禍水兆黄巾能軍可有宗留守變姓何如梅子真十萬倉生同一哭歐風亞雨虎狼隣

漢家

漢家西狩感君王蒿落蕪亭麥飰香當日移宫紆筞晝幾人專戰誤平章龍顔泣下秋風暗馬首悲生大月涼千古黨魁誰召禍秦關百二感蒼茫

三面船走時由此競渡蒙古地名某帥出

三面船頭鬧夕暉將軍匹馬去如飛胡兒不解馳驅意閒倚西風看打圍蒙人以爲將軍打圍到處聚觀

庚子塞上仑四首

萬帳貔貅大野開風聲怒挾陣雲回天留一綫容西上地盡中原此北來談笑公卿王猛意倉皇戎馬李剛才深宵無限關心事捲入胡天畫角哀

莽莽平沙接大荒當年聖武定全羌漢家佗尉蠻夷長唐代渾瑊異姓王冊譜球刀詒法物圖開日月近宸光興源寺裏尊藏處猶見河山帶礪長

拂劍高吟勑勒歌酪漿挏酒舞婆娑黃龍誓飲金烏

朮白馬難盟藥葛羅危局百年沈黑水長城萬里劃黃河青燐白骨秋笳集壘藩新從盾鼻磨轅門畫鼓亂駝鳴落日川原磧路平估客蠟書通敵報胡兒繞帳聽吟聲拴旗占斷金源路碪杵催殘木葉城草澤即今扶義起相公何用受降名

銅劍歌 蒙人有得銅劍者或曰秦物也感而賦此

阿房三月火不滅劍氣深藏入古穴豈知龍性終難馴一聲霹靂斷匣裂中有神物三尺強滿身猶浴老蛟血上鐫始皇二年造篆文隱隱見波折有識者曰此定秦細將往事為余說荊刀未著韓椎空祖龍小

免一何譎金人十二咸陽來四海九州無寸鐵惜乎收錢未收盡雙鋒劉項雌雄決屠龍斬蛇爲一手胥閒紫電寒光掣此時銅劍猶沈埋獨枕荒凉千古閟問劍不語劍應笑轀輬車上長生訣布衣崛起不識字鞭笞天下走豪傑亡秦得秦一劍中枉罪詩書計亦拙把酒長吟銅劍歌八百書生冤一雪

懷談飽帆昆仲三首

一讀琅函百感興更深一豆草堂鐙淞江夜月思千里遼水西風夢二陵完璧竟成今日事庚子之亂奉天農部印君懷之出得無恙分金終愧古人能亂離未覺風塵苦披頴依

依似友朋
劫火無端賸此生金戈鐵馬夢餘聲尊前滄海橫流遠衣上長淮別淚縈和局隱窺元老意豐碑早識黨人名辯才似此君應惜古鏡妍媸忌太明
本來人物屬金昆更幸生還入玉門身外縱無餘物在篋中猶有舊詩存尋秋古寺鐘同惜問字深宵酒代温料得暫龕今夜月也應辛苦話黃昏

贈同社諸子

幾載聯吟共雪蕉詩社名故人門巷草蕭蕭驊騮遠道誰千里鸞鳳清音自九霄鐙外懷人數花落琴邊感

遇愧桐焦松陽父老如相問宦味吟聲兩宋寥

三禽言三首 大雨連旬彌望皆成澤國居人苦之仝三禽言

鵓鴣鴣鵓鴣鴣江水漲井水枯大雨大雨連聲呼長安之米貴于珠誰家大婦喚小姑伏雌已賣烹其雛朝朝官府追逋租鵓鴣鴣江干一幅流民圖

行不得哥哥行不得哥哥凋殘青箬笠糜爛烏油鞾東溝大澤西溝河估客含淚驍病羸車不能載人能馱可憐無米兼無禾行不得哥哥富翁糶粟方高歌

得過且過得過且過南山不耕西山不餓半生世路雖坎坷一唱居然千百和深秋老屋紙牕破寒鐙四

辟人一箇得過且過滿城風雨袁安卧

送雲陽中丞還遼山兼寄張北墻司馬

將軍百戰憙功成囊劒相依萬里行韓魏國恩終老計杜樊川愛遠游名摇摇鄉夢青山約歷歷邊愁白鬓生更有曲江風義重天涯無限故人情

游補陀宿長生庵贈了幻上人二首

簇簇㫌旗舊日舟飄然飛度海門秋生公法相聯新雨坡老因緣續後游佛火宵連千寺動潮音晴撼萬山浮君身自有神仙骨忠孝偏思李鄴侯了幻頗能詩有思親感舊之作言詞真摯娓娓動人

學書學劍兩無成，宦海風濤何處平。砥柱中流悲衆劫，滄浪鑑影話三生。參天共仰摩厓字，浴日如聞落筆聲。我是維摩詩弟子，朗吟孤月照心明。

蘧園六首

塵事忽已遠，杳然心跡清。門迎仙客到，園問網師名。蘇李懷前哲，羊求證舊盟。不談天寳事，閒敍李西平。時達馨山將軍爲主人，程雪樓中丞爲客也

曲徑闢青蘿，方池擁碧荷。有人方曳屐，而我亦高歌。去住煙雲幻，興亾涕泗多。史公遺跡在，惆悵幾槃阿。池南有石刻槃阿二字，係宋時物

龍漠振威棱將軍老霸陵挈家方辟地置酒每招朋
闌鶴驚新露池魚怯早鐙桐梢一片月應照此心冰
春檻秋闌外奇花照酒尊畫廳留樹影詩壁長苔痕
開府梨桃滿徵君松菊存隣僧閒話久頗靜六塵根
射虎悲前事騎驢作寓公即今高詠日猶是卧游風
堦牖滋蘭竹春秋問韭菘小池凝立久閒對信天翁
魚鳥久忘機人來亦倦飛郗生猶在幙疏傅正思歸
琴外宦情淡枰中生事微倉西回首處雲樹尚依稀

謁朱研生師

采藥尋師海外天歸來身帶五湖煙思量劫換紅羊

後彷彿經談白鹿前吳苑高吟招月共怡園狂醉抱松眠自憐江上閒桃李虛領春風廿五年

橫塘夜泊

出城二十里孤泊近漁磯到此櫓聲渺悄然人語稀夜深飢鼠出水淺亂螢飛言念山中侶停琴待我歸

泛舟木瀆訪顧緝廷師

好風吹夢過橫塘席帽椶鞵趁野航里巷共知陶靖節衣冠猶見魯靈光滄桑變後秋聲遠樽酒談深夜色涼説劍彈碁成底事此身如坐景韓堂吉林書院齋名

同雲陽中丞訪醫青浦

碧宇如揩絶點塵舟搖搖趁水鱗鱗不同東海人求
藥何事西湖客買隣雙屐名山秋外夢滿船明月鏡
中身愛宅蓑笠呉兒曲十里青谿放鴨人

簡湯蟄仙先生二首

被酒高歌阮步兵老來奇氣尚縱橫已從韋布憂天
下豈獨文章重此生露奏萬言驚國魄飆輪千里走
秋聲舊人新黨兼時議一樣狂瀾挽不平
五嶽峯顛大海頭拓開眼界認荆州蜀江舊雨勞迎
送歇浦閒雲任去留夜半竟違黃石約昨約觀潮未往年來
將共赤松游大東極目愁多少班馬蕭蕭莫雨秋

寄宋錢某都護兼示幕中諸友

漢唐節使重籌邊，絶漠馳驅已廿年。短草牛羊通瀚海，大荒魚鳥闢冰天。寒圍獵曉千峰雪，野市團秋萬竈煙（甘珠寺秋間互市）。寄語八旗游牧長（錢楪有八旗游牧長小印），好將勳業繼前賢。

興安嶺畔小諸侯，萬里鋒車逼亞歐。曾蹴劉琨同夜舞，屢招王粲作春游。詩中歲月成青史，鏡裏功名賸白頭。自笑此身兼吏隱，九邊心事五湖秋。

度興安嶺訪宋錢某觀詧

雲車穿出洞冥冥，形勢東來若建瓴。王氣遥浮全亞

白長煙直下大荒青人家水近牛羊老戰地風高虎豹腥吟得安西都護句好騎羸馬勒新銘（錢楳詩有又騎羸馬度與安之句）

呼倫署中即席留别

三年雞黍話前期裁得相逢又唱驪生死交情同一氣艱難時局上雙眉九秋月色樽中酒萬古邊聲劫後詩明日興安回首處漫天風雪路逶迤（錢某有邊聲集）

次鄭蘇戡先生韻二首

胸中五嶽鬱風雷璅璅雕蟲枉費才解道横空盤硬語華山雲氣劃然開

地接滄浪天蔚藍華嚴境界記同參香南雪北多常
句逸響誰尋落本庵

偶檢行篋得咸庭小象感賦

人代茫茫宿草滋鏡中猶見舊須眉少年怒馬同游
地老我寒鐙獨憶時鞺鼓蒼凉思健將風雲叱吒付
奇兒勳勞家世滄桑感零落親知更有誰

臨別題宋錢棋兵備小照四首

馳驟名場記少時朱霞天半見丰姿世間多少英雄
感贏得霜華滿鬢絲

腳跟猶繞漠河煙徙倚龍沙又十年愛聽輿歌諸士

女買絲爭繡趙屯田
時局桓伊唤奈何每將勳業悔蹉跎狂瀾既倒誰收
拾忍把朝衫换笠蓑
公入興安我入吴臨歧握手重踟躕它年萬樹棋華
裏明月前身憶此圖

題缶廬集

甪里先生清且閒吟成仌雪照癯顏碑尋衡嶽岐陽
外畫在青藤雪箇間早歲交游歸短髮一廬梧竹繞
名山我身願與棋華伍明月高人自往還

寄張北墻四首

小河沿下繫輕橈一樣詩情共酒澆今日江煙漁火外有人獨夜泊風橋

虛堂汗墨手交揮簿領叢中人四圍羨否虎邱山下路畫船齊唱晚凉歸

又仓人間老秘書幾回訪舊意踟躕夕陽偏戀桃花隝髩鬅吟魂寄六如

尋詩重埽舊巢痕題徧金閶處處門惆悵曲江人不見雨絲煙柳更銷魂

集思賢堂贈同人

毿毿絲柳閒疏篁鴻雪隨緣到畫堂入國遠懷吳季

子分暬同仑漢諸郎魚喁新漲方池碧人語疏簾夕照黃好語思賢賢節度莫將風月誤平章

遼海之間老半生素心原不在飛鳴頻依幕府高眠慣早卸朝衫獨笑成夜雨聲中黃歇浦綠楊陰裏闔閭城年來載徧江湖酒慚愧名賢到處迎

寄宋錢某兵備

我生鮮兄弟畏與良友別別來心緒惡況復三閱月忽聞巡九邊路遠風雲絕新詩來滿洲飽帶輿安雪時艱發古愁奇響金石裂生平問心迹心迹胡可滅憶昨天南行鶚立送旌節人語逐軺電飛鳥裁一瞥

游蹤溯京漢往事爲公説吳中賡舊緣詩辟摩萿碣哀哉憂患場旁眺心已折嗸鴻滿江淮萬鬼飽人血異黨復潛煽梟匪時出没急治恐走險不治禍尤烈標本兼治之此語出前哲安得斬亂絲一斷如刀削但知籌可運無慮俎休越江淹老秘書堪咲才已竭遠道感深眷英蕤霏玉屑佐治聞藥言爲我勝一決古來九漠地鋒鏑造豪傑願保歲寒心肝膽照古銕老棋與孤竹兩地爭芳冽神交貴有道詎在顔色接相思深復深暑雨猶未歇

同鄭蘇戡先生車中遇雨四首

千山捉卧龍不知在何許忽然腳底雷洒仝一天雨
偉論破庸膽公真天下醫服葠有奇效此意老髯知
張子比官忙湯子比兵苦惜哉兩先生竟與噲等伍
二首皆紀車中語

吳園幾游遍心意爲之小何如海藏樓縱目出天表

同朱古微侍郎劉伯崇殿撰鄭尗問中翰胡右
皆觀察集滄浪亭

六一吟殘世已遥孤亭宋宋草蕭蕭秋隨天上卿雲
到人共山中舊雨招撥蘇細尋墻角字惜花深立藕
邊橋宅年誰仝滄浪長詞客風流問六朝

埽盡邊愁天地寬奇懷不減且爲歡無端咲傲偏宜酒如此疏狂豈稱官風定蟬聲搖草樹夜深螢火亂栝盤臨流頗憶漁洋語擬帶笭箵與世看

宴拙政園和胡右皆韻

萬荷香動雨餘秋面水軒開積翠流何處荼花尋祭酒當年烽火怨蘇州相逢綽板皆詞侶話到乘查是壯游徙倚畫堂前哲遠新凉如夢上簾鈎

蓬萊高挹五雲還一代文章舊馬班人語中元前夕酒我來別業故鄉山園今爲八旗會館鵁鶄得路誰孤往魚鳥相親賸一閒放郤談禪且談劒好將奇語破癡頑

題沈右卿井梧懷舊圖

清嚴莫府栖孤鳳，千古青門誰伯仲。畫圖獨有沈東陽，金井雙梧尋舊夢。憶昔商邱開府年，珊瑚錢網羅羣賢。桀戟高吟嚴節度，笙簫沈醉杜樊川。廿年宋邵相知久，漢水廬山時左右。交情沆瀣共酸甜，雄文光氣衝牛斗。章湟里下有先廬，歷歷桐花遶故居。偶耕芳茂山前稻，時釣砮湖水上魚。畫戟凝香清似水，竭來小住爲佳耳。傑仑爭傳三布衣，大名早動四公子。將軍揖客話深知，宬寬禮數使人思。不知淨緑軒中意，可似思賢堂裏時。驀地風雲來莽蒼，百粤妖氛干

氣象鷓鴣越殿逐郡飛麋鹿蘇臺時一上茫茫劫火
照胥葑戰血横飛草樹紅士女高歌曾李績豐碑曾
勒元戎功湯公一去湘公死百年文獻今已矣西風
依舊井梧寒涼月照人清似水得此奇才世所驚三
千珠履寂知名縱横文字妙天下瓣香直接鄉先生
先生志大九州小少日科名震蓬島繪出鸞簫歸娶
圖風流艷説倉山表蕉衫竹笠走青齊象領羊城印
雪泥賓客集成山左右寓公名壓粤東西吳中風月
境清閟石上三生名姓記笠屐東坡問後身琴尊北
海吟初地暇日亭臺話舊游唾青夢緑古池頭分明

一夕桐陰話彷彿當年落葉秋秋風秋雨遥相憶畫裏幽懷人不識知君勳業邁前賢使我披圖三歎息遇合雲陽許已深青州從事託知音王楊盧駱傳終古東馬嚴徐奮自今翳我來游孤鶴倦回看偏值羣龍戰客裏愁多説馬卿中年體弱思王粲感此滄桑涕泗多銅駝荆棘幾摩挲夕陽古井鳴蟬急老抱青梧喚奈何

燉煌石室唐人寫經卷子三首爲彭燊仲仝

聽慣天山夜雪聲此行真不減班生忽從千佛巖中見始識金剛卷子名天與奇緣手不釋老看神物眼

猶明秦燔以後灰餘本那得人閒有定評座有駁寫經之誤者
寶山風雨逐臣歸艷説鄉嬛見者希四壁雲迷唐代
物千年塵黦老僧衣味兼黃蘗經原苦價重青萍字
欲飛我不解禪愛禪理深秋客夜炷香微
當年舅氏曾持節先母舅榮潤庭通侯爲伊犁將軍招我燉煌萬里
游今日玉門空悵望此中寶墨幾搜求曇花夢破昆
侖曉佛火炎涵大海秋知有前期勳業在㒰今證果
誤封侯

半塘龍壽寺觀元僧善繼血書華嚴經同朱古
微鄭小坡吳倉石

竹堂罨雨暑苔滋（董香光跋張安道血書謂宋文憲公夙因在竹堂寺蓋即指此）頑鈍山僧話舊知一老心空參佛後半塘血濺寫經時夙因文憲三生語（卷中有宋文憲贊）狂墨松禪五字詩（翁松禪三次題其後）貝葉無靈禪不語蕉花如雪滿西池

寒山寺紀游四首

四山如沐雨初晴綠意彎環畫裏行欲語西湖湯蟄老俗塵數斗撲來清

宛宛涼波夕照低櫓枝搖曳水雲西慚無駟馬高車想偷過楓橋不敢題

莫訝寒山得句遲上頭早有懿孫詩老僧不解山游

樂苦向人前説大悲有僧被逐向客大唬
枕邊涼夢扇邊風两字新題寫鬧紅吴孃乞書小舫彊邨爲題鬧紅二字香宋紀七絶一首它日北歸談韻事香宋即還北京夢絲猶繞畫船中

贈吴缶廬

大句崔黄葉衰年杜浣花高懷付罇酒涼意瀉琵琶
我亦耽吟詠因之感歲華朝來攬明鏡秋思滿天涯

游李公祠二首

樹老苔荒石氣深名園名相此中尋全淮勳業來蒼莽五省馨香照古今交外難平天下口收吴先定老

臣心吾儕不用寒花薦王粲高樓試一吟
帷幄剛籌便誓師胡曾並世見才奇良弓高鳥無多
忌老圃寒香又一時全局存亡丞相表大風攻守漢
皇詩中興人物今銷歇愁倚深秋古柏祠

醉盦蹴鞠圖

閉關東海曲鉏月古籬邊客至延松下花時拚醉眠
畫禪董元宰勝侶傅延年霜落邨醪熟陶然懐葛天

西風

獨有西風冣不平詩懐旅夢兩無成塵昏古堞吹笳
影夜黑空階墜瓦聲秋水江湖鴻乍到朔雲邊徼馬

初鳴觚稜古樹新亭泣豈獨離人百感生

以詩代柬慰宋錢某兵備

英雄老去更多情豈獨東坡泣魏城（時錢公新失耦）何處離天君莫誤此中幽怨我偏明（余丁酉歲悼亾）黄楊厄閏馳飆影白草驚秋作雨聲悟得乾坤一泡幻何須齊物説莊生

壯心奇氣未全灰慟哭蒼生日幾回鸞鏡縱然生死去鹿車終勝亂離來田園有約泉明隱身世無端庾信哀新雁一行書萬里笑顔應向酒邊開

異鄉容易感西風除卻高吟百慮空遠水秋生明鏡

外好山人老畫圖中亦知鴻爪飛難定頗愧蛾眉術
未工幸有關西飛將在銅琶齊唱大江東
幾回清夢繞鱸蒓話到還鄉一愴神欲去又存知己
感無才偏是受恩身頭顱漸老難爲客肝膽驚寒尚
照人同是天涯古懷抱與君仔細話根因

缶盧爲我治印報之以詩

牕前葉鳴風蔌蔌畏寒閉關如蜎縮短童蹀躞持巨
函顛倒裳衣快披讀上言宿酒猶未醒下有小印凸
魚腹字青石赤如岣嶁凝神求之辨曰祿史蒼已往
斯冰死千祀㟁原先生續先生平生孏奏刀十日一

石猶嚲麼金石摩挲十載前一日聲名驚輦轂四王
畫筆神所契三古鼎彝眼中福華筵紛陳古珍鐠後
堂覼列新絲竹抛卻肘後黄金印安冐樊籠受拘束
垡鶴歸來天地寬袖中江海滁新緑爲我一咲拈錢
筆如古兵法竒而速大者徑寸小黍粟色絢璚瑶聲
戛玉麐角真爲世罕見熊掌應亦我所欲得隴猶有
望蜀思自咲貪婪心不足要期圭卣賜聯翩黄金十
斗珠百斛菭堦屐齒何時印楊梅煑酒宵深熟

題胡右堦瑶艇塡詞圖

紅蘭泣露碧荷咲珠玉落天鸞鳳嘯瑶華艇子載詩

來香橈一撥湖雲開山陰自古盛詞彥問湘慶主人尤眷燕子春鐙萬本鈔赫䗖紙貴璠瑤賤我有蒲桃醅琥珀鍾拂衣吳下與君逢一斛珠璣傾滿地群仙鍇愕驚詞鋒君不見吳夢窗姜白石繼者冷紅與裒碧漚公飛仙夏無迹抱圖大咲素心同榜歌淒怨青梧桐檀槽古雪燕支紅

寄想園宴集同莫中諸子仝園在都督府後院宋錢某都督欲歸不得名以寄想

小園蔬柳湛清華寄想眞如埜老家亭榭偶棲新鷺子山河猶話舊龍沙無端白髮頻看鏡何處青門好

種瓜惆悵程門老賓客園有三楹初爲程都護所建幾回秋圃慆黃花

題李右軒秋江群鷺圖爲宋都督仝

蘭陽老守逞奇恠竹石槎枒出肝肺酒桮在手百慮空傲爲骨格狂爲態才自不羈畫無敵世人欲殺公獨愛憶昝虞卿中廢年白髮荒祠主窮塞三絕書畫與新詩沉醉興與安風雪外胷中丘壑森欲出潑墨四顧天地隘收束齊州九點煙化爲白鳥飛成隊畫中忽失九鷺影園裏乍欣三鶴對鶴邪鷺邪兩相忘蔌蔌清風生謦欬碧芙紅蓼寫清秋彷彿湘纍泣蘭佩

吁嗟乎今日之日多煩憂過眼煙雲恣一噫黃公酒鑪宿草滋故人往矣丹青在不辨哭之與咲之何處山人名八大猨鶴招隱今方殷千山落木秋如畫公早遐想寄松花我亦歸思動蒓菜前身合有漚鷺盟一展此圖心先快

暫龕北來留十餘日而去良朋將別不能無詩

幾載龍江舊度支鬍邊零落數痕絲別來風雨家何定話到滄桑夢亦癡謀稻漸成今日計采薇誰誦故山詩君家兄弟吟情壯雁過遼陽有所思

徐敬宜小照二首

前朝荆棘上宫駝處處驚看銅像多相對無言生遠
思宅年儀表壯山河
不爲儒冠誤此身蠻刀怒馬氣嶙峋松花江上垂綸
客卻與先生是故人
懐人詩四首
朱研生先生
高卧東山四十秋河山一變涕難收孤檠舊事談天
寶輦草宫花雪滿頭
趙堯生侍御
吴下聯吟月滿船靈均衣怨託湘絃卷中香雪成追

憶冷落棵華又幾年堯生題余香雪尋詩卷有此心妙處宜香雪萬樹棵華一竹山之句傳誦一時

朱古微侍郎

春水當門浴細鵞詞壇豪興近如何江南蘺地瀟瀟雨可似先朝積淚多

鄭小坡中翰

白石紅簫冷翠微新詞幽韻譜呼豨姑閶門外秋如海獨倚蒼煙待鶴歸小坡稱大鶴道人

留别二首

江南笠屐惜前游又向龍沙問去留知己感深容小

佳棄官味好在無愁輸宅名士饒青眼對我良朋況白頭徙倚斜陽荒草外有人閒話故宮秋

老去淵明獨抱琴學仙參道費思尋偶然檢點杯中物頗有逍遥世外心雁路漸稀知信緩魚鄉初到喜江深中年自古難爲别不獨河梁淚滿襟

送星堦入都四首

側帽輕鞭趁曉風飛車重踏輭塵紅金錢下筴彈張説絲竹東山老謝公九漢風煙雕顧盼廿年兄弟雁西東好將三疊陽關曲譜入河梁夕照中

趙家名辟重連城奉使乘查壯此行静女何須傷晚

嫁偏師猶可振危枰鵰游大澥秋無影馬渡長河夜有聲欲脫寶刀還自惜幾經肝膽照平生

歌殘玉樹冷宫鴉銅狄摩挲日易斜幾處邊聲驚篳篥一腔幽怨訴琵琶好游厰市招新雨莫上江亭問落花洗馬臨歧一怊悵不堪垂老又天涯

江月江花照我顏繞廬春水碧如環微吟淺畫閒滋味瘦笑寬鞵獨往還我自芝薇懷世外君如蘭雪在人間歸來莫忘漁洋句江上蓴鱸話故山

烏拉懷古二首

虎踞龍蟠拱上京當年雄長此間爭狼烽已靖孤城

在烏拉猶存四部名斷壘十重摇樹色大江三面走
秋聲老來别有興亾感不向西風訴不平
將軍冢與故侯門玉爵金魚話舊恩一自素波愁帝
子獨留芳草怨王孫宫禾躑躅遺民淚塞樹飄蕭宿
將魂且喜白衣宣召少此鄉端合老梅村

跋

澹堪詩集編成後余既譔敘云矣越六歲中華民國三年七月即陰曆甲寅六月余以參政院參政趨職京師澹堪偕与俱來寓齋多暇輒商

稚刻集事旋澹愧倉卒還鄉識遂中輟冬間澹愧乃另寫詩集一通寄來屬為校刊余閱其詩雖稍增入續作然視原編之本已刪薙十之三四僅存一百五十篇分爲卷數

澹堪精慎之意於此可見故樂為任校刊之役校定付刊兩閱月而工竣復摹擬本覆校計為文一萬零五百五十有二為葉三十有三既審既竣錄誤錄遺校竟跋

尾並示以詩

一卷新詩子細吟，知君淘鍊出精金。他年風雨名山後，應有光芒起遠岑。

中華民國四年陰曆甲寅十二月立春日宋小濂跋

澹盦詩草 一

澹盦詩草

吉林多祿竹山

題沈幼卿井梧懷舊圖

清巖莫府栖張鳳。千古青門誰伯仲。畫圖猶有沈東陽。金

錘凍

井、雙橋尋舊夢。憶昔商郎開府年。江南麟鳳萃名（珊瑚錦細羅翠）賢。棨戟高吟嚴鄭度、箏庸沈醉杜樊川。廿年宋郎相知久。漢水廬山時左右。交情流

灑劍傻飛桃文光氣衝牛斗

章湟里下有先廬歷、桐花

遶故居稜春芳茂山前福釣

淥蓉湖灯上照畫戟凝香清

似水超来小住為佳聽傑作

澹盦

争傳三布衣大名早動四夷
子擒家將軍語故知寂寬
禮數使人熙不知深淨軒中
意可似思簡堂裏時驀地
風雲來莽蒼百粵妖氛干

氣象。鷫鷞越殿遜犀。飛麋
鹿藴臺時一上。紆劫火照南
芘、香以林。
陳。戰血光沈草樹。紅士女高
但犯彩娥血光
歌曾李續。長留佳話滿吳
代石曾勒元戎功
中。湯出一去湘出死。歌管池臺
百年文獻

澹盦

今已知西風依舊耕橋宮宮二法

月半人律九帆

百餘年始得此，得此奇才世

所驚三千珠履客知名，縱橫

元儋阮氏

文字妙天下，瓣香直接鄉先

生之志大九州，少日科名

震蓬島繪出瀛洲（萧）歸娶
圖風流豔説倉山表蕉（衫）竹
笠走青齊象嶺羊城印雪
泥（幕府淹留興）爵家集成山左右廣以及[illegible]
粵東西吴中風月境清閑

澹盦

石上三生隱姓名記笠屐東坡
問汝身琴尊北海吟初地暇
日亭臺話舊遊。嘆青夢綠
古池頭。分明一夕此地桐陰話鬢
鬢常手落葉秋。人風秋雨

四句
卌郎
梧陔

遥相憶。畫裏幽懷人不識。知
共動業萬邊前賢。使我披圖
三歎息。過合雲陽許我心回深。青
州從事託知音。王楊盧駱傳
終古。東馬嚴徐感奮自今。

澹盦

繫我來游孤鶴倦，回看偏
值羣龍戰。家裏熱多說
馬、鄉。秋來髀弱、思、王粲、感
此、滄、桑、淚、淚多。流連往事
一高歌。夕陽古井鳴蟬急。

一往情深

老抱青樓奥奈何

西江劉班侯超歸自甘肅

於燉煌石室得唐人寫經

一卷索題

踏徧天山翻雪嶺此行真不（聽慣）（物）

澹盦

滅。班。生。。忽茫千佛莊嚴中見。

千佛莊嚴隨 遂讀此經 始識金剛卷子名。

天然喜與緣手不釋。

〔三生有通才心未信。〕時沈君幼卿 張君仲仁

俱在主力歟 老看神物眼猶。

寫經之誤 秦墻以後

明。西間多出灰餘本。那難得

諸頭有宅評

寶山風雨逐白歸

山峽說鄉嫁見者希

廊代物千年塵點若

僧衣 石室中僧味魚黃雀經

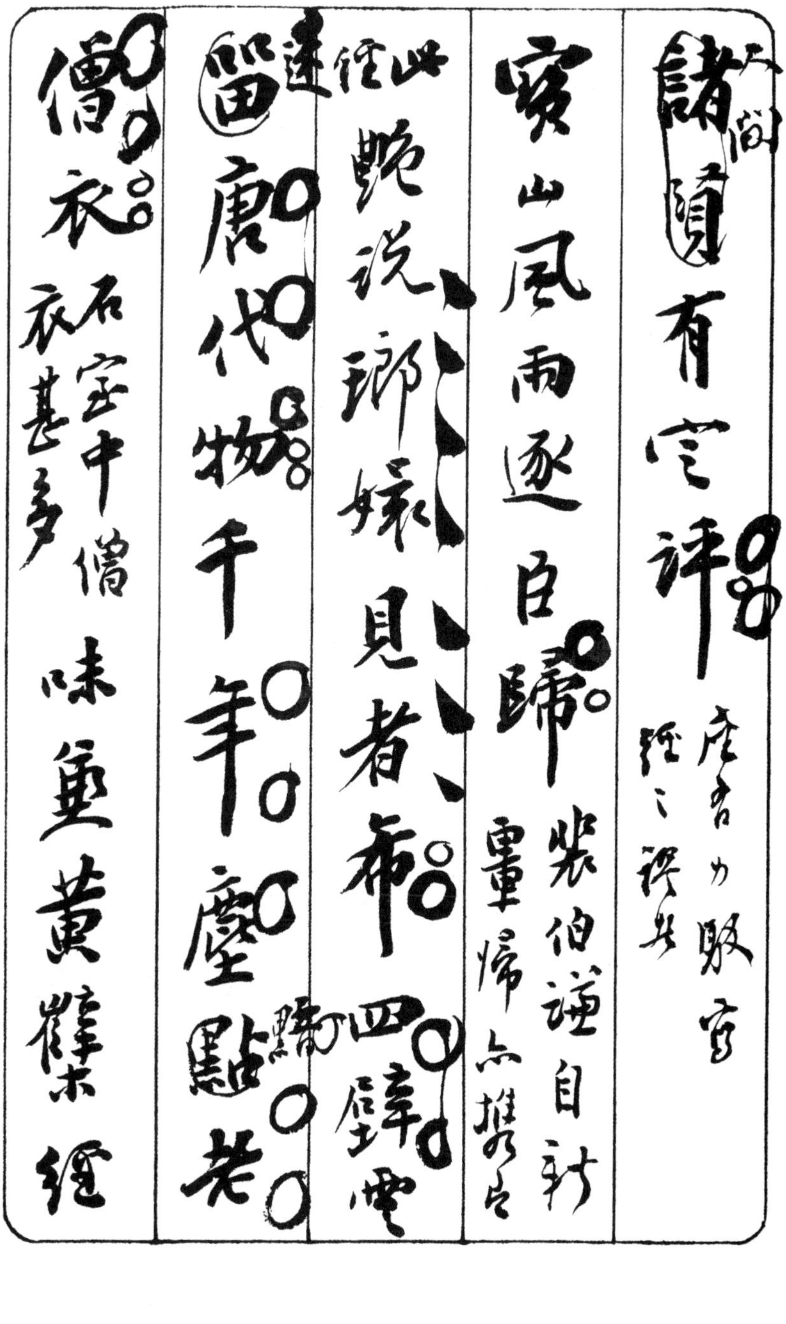

澹盦

此首稍
乖力大
於身

原若價重青萍字欲飛我
不解禪愛禪理釋嚴寫（洋秋家教）
露娃香徽
昔年舅氏曾持節招我懷
惶萬里悲（先母舅榮潤庭通侯鎮守伊犁曾駐甘肅）

書蹟

今月玉门空悵望，此中寶墨

幾摸求曇花夢破思俞聽

佛火光涵大海秋，知有前期

動業在，住令證果漢封侯

題張翰伯延驤恆春片石

澹盦

圖卷子
萬古仇池別有天。百年精
衛恨難填。願將超海移山
力。化作楊枝洒大千。
無端人代感飄蕭。閱盡滄

第三第四第六三首擬刪

染衣山靈。彷彿神歸東海
夜。饒龍吟浪遊空。青。
恆春猶從舊臺灣。抵鵲昆
侖玉滿山。賸浮瑠璃無[illegible]秋
風遺恨落人間。

澹盦

吳下相逢話舊游。三臺煙月足句留。一拳似記當年事。閒得高吟便點頭。

島嶼蒼茫片土無。巋然獨有鬱林孤。先生志大勳

佳句佳題

名隘不似彭郎集小姑

手把瓊瑤不忍看神州風

雨逼人寒石交早與心相

印一朵紅雲一寸丹

春底閒愁紙不知卅年如夢

澹盦

夢如返顧于一去朱之老巷

顧得廷于次棠朱研生秀巖伯溪師門

絕妙好辭之先生皆我師也

舊日詩

何須拂拭舊塵埃碎石

焚圖亦快哉煩惱除時亦一

笑。布和無樹亦無臺。

題高屏周所藏王文愍與潘文勤手札

金石心交人兩三。鬱華居北盛伯希祭酒長瓶南。翁叔平相國誰知此

澹盦

札遺鴻雪。引有心香禮鄭

龕潘文勤公齋名盦。誤作龕

灰餘無復舊經存。誰識當

年瀟學學。招雋擷奇緣

憾軟幾回惆悵海王村

同日校生作團殤。

王太史廷相亦死庚子之難

林天翰林大節共堂堂。匡山滿目愁風雨。何處清芬覓二珏。天涯庚子感秋詞。

朱古微侍郎

劉伯崇殿

澹盦

撰所乞庚子秋詞極爲悽惋歎逝懷人勤召之。

它日滄桑劫舊夢傷心。

豈獨抱冰詩。張文襄有而王文慤詩

題丰園小象 張朝墉白翔 四川夔門人

漸老霜華未上顛。仙家素

明鷦鷯邊間中自愛椒
山語飲酒讀書四十年時半
園年四十
王粲當年好遠游八閩三
楚五湖秋踏鲜踏曰登山下扶桑路

澹盦

奮臂高歌大海頭。

走馬金臺

遂了京華紫陌塵。江亭對酒寄吟身。劉公已去高公老，尚有彭郎是可人。

劉幼丹喬
茂萱彭雲石

文豪字聖與詩耕，天縱斯

人到無官味本来清似水
獨於情者不傷廉
名園締造竟閒情要傍名
山養性靈從倚東風芳草
外征袍又滌嫩江青

澹盦

此首擬刪

香山並世有徽之。妙似連篇世所知。塞上龍沙諸士女。定年爭誦半園詩。

半生相聚蜀人知。錦水雲安杜老歌。惟儀先生不思峨蜀。此間安樂有行窩。
邊草荒雲短没衣。河山無
恙是耶非。偏舟且泛（一蓑高臥）桃
花水。八月秋高（潮）魚正肥。
莫問今吾異故吾。滄桑一

澹盦

此首擬刪

褒隱模糊顧君再寫蘭亭

帖好個長生究三圖（像係摹臨　小楷極精）

傳依別有古時心瀟灑誰知

世外高天地長留斯卷在

不須博物院中尋

歷卷

錢塘龍壽寺觀元僧善
繼血書華嚴經同朱古
微鄭小坡吳倉石
怡堂羅兩峯蔣
董香光跋
張安道血
書謂宋文憲風因在竹
堂寺未知即其地否
頑鈍
稍宋山僧

澹盦

五十六字一字一珠

[illegible]知色爍黃金開卷比

一老心[illegible]參佛四年摶血淚

痕留碧血寫經詩蕭寥文

風因

憲三生論卷中有宋零落松禪

文憲一贊

[illegible]

好子詩有公羽松禪三月蒙曇

[illegible]

[illegible]好詩吹斷

[illegible]石隱[illegible]花為雪滿西池

花今在否興亡幾閱使人

思。

題劉石庵王夢樓詩冊為

張仲仁作

風流楷墨劉承平。東武

當時有盛名。今日佉盧文

澹盦

一夜。獨彈古調想先生。
太守文章鬢盡。循良
餘事又工書。自慚老作綬
刺長。官味詩名兩不知
盧先王沒矣相識。獨有亭

林是我師。歎息高吟今宿草。張鐙把卷一淒其。

寒山寺紀游同趙香宋朱彊邨

四山如湘雨初晴。綠意詞春水三篇已錄

澹盦

畫裏行吟欲語西湖湯艷

老前游（任廬陵錢斗樣來）何及此遊清（往在西湖有佐）

定同游　故云

宛、涼、波、夕照、儀、櫓、枝、搖

（東）人水雲西漸（本）無驅馬高車

想偷過（擬筆）楓橋不敢題，莫評空山得句遲。上頭早有懿孫詩。老禪似解游人樂（僧不解山林樂），苦向蒼茫（人生何）說大悲。有一僧因被逐而宗大師

澹盦

枕邊涼夢扇邊風兩字
彩墨窗依吟紀閑紅定日如歸談
韻事寥吳孃春題經權繞畫船
中舟泊楓橋吳孃乞書小牓彊
邨為作閑紅二字香宋題一絕
云一枕藤風初破睡墨花磨出魚声
賦伴郎多少閑紅心憐卿意外妝

人意亦一時佳話也

西湖僧大休挂錫雲山垂經

贈之以詩

雲山空翠點翠濛鈚鉢

安排又一旅家憶在錢塘外

澹盦

路一龕春雨萬桃花

性故皆鞋淨俗氣分

既得廉官如衲子芒鞵遠踏

一春

破

新峯雲詩人老去襟懷

淡除却尋山只愛君

簡鄭稚辛

孝樫時在廣州

幕中

江南秋夕雨瀟瀟。不忍孤聽是此宵。萬里我來悲葉落。一官君又逐蓬飄。雲今嶺海音沉滯。更見欃槍影動搖。無邊艱難須努加。

澹盦

莫將葉鼓僕金貂

題黃小松紫雲山訪碑

圖題成爲張仲仁作

當年松老識摩崖石室

琳瑯字不磨今日紫雲書

詠舊散祠野碣夕陽多

贈吳岳廬 俊卿

秋惊不可極。萬葉戰西風。

有客開荒徑。吟懷對岳公。

小園月。曲唱大江東。君善崑曲 題

澹盦

可與牛渚西江夜詩並傳

繡梅花箑。前游憶聽楓

疆邨先生陸楓園招飲赴畫

舫歌主賓倡和極一時之盛

大句崔黃葉，衰年杜浣

真須付尊酒 得無偶

花。飛窗一高卧，跂脚鼓琵

琶。我亦耽吟詠，因之感歲

華朝來攬明鏡秋風滿
天涯

寄懷趙香宋侍御 熙，四川人

幾日天隅（南）把繡衣西風無 次
（夢）是片帆（飛）歸洞庭秋好詩好

澹盦

二白著
迹

昨。日游洞庭山泛太湖酬倡頗多京洛塵多。
書。已。稱。世變已成時進酒僑拐病自爭全闔。
用。言情不如歸已傷心誰解故鄉園。時宦民交
關蜀事吳中。江南遊有憂時客。
正棘續懷江河君夕獨對蒼茫惜落暉。

題彊邨先生歸鶴圖

石芝堪裏坐秋雨。未問齋陛石

楓館中吟綠谿。道人抱鶴

鶴 一相語。對 子與先生歸去來。。

圖爲大鶴山人作

澹盦

此句擬刪

道韻清於鶴韻孤十年高

臥吟江湖秋詞不忍談庸

破帽殘衫百浪跡

飽閱滄桑又此圖

一夜鄉心逐雁飛朔雲邊

草膚依稀吟邊底慕仙

雅近趙
秋谷

翁笑笙月滿山人未歸
為朱研生師題醉盦執
菊圖
閑閑
錢叟東海曲
仰月古羅遷
樹老耐風煙
再近
酒家高松下
花村拚醉眠

澹盦

畫禪董元宰臻倪傳延
年霜莊都醪熟陶於懷
歡天

西風
獨有西風最不平詩懷旅

橫放

寥傻雄成塵古堞吹
笳影夜黑空指隊瓦聲
秋水江湖鴻作翔雲邊
徵馬初鳴大纛風景新亭
泣豈獨離人百感生

澹盦

四詩
雅厚

四詩代東尉鍾梅兵備

英雄老去愈（更）多情豈獨東

坡哭（注）魏城（時鍾公新失耦）何處離

天涯莫誤此中幽怨我偏

知（余丁酉悼亡詩大為鍾梅所賞）黃楊厄閏馳

樹影。白草。鷺。秋作。雨。聲。
悟浮乾坤一泡幻。何須齊
物說莊生。
壯心奇氣未全灰。撼
尖風蒼
生日幾回。驚鏡溟於生死

澹盦

去。塵車終勝亂離來。田
園有約。泉明隱。身世無端。感
御溝新雁一。行書。萬里。笑
顏酡。內酒。還鄉。
異鄉容易感秋（西）風。陰卻

長姪如
雅騷沅
芷澧蘭
幽情獨
寫

鶴唳猿吟百慮空，遠水秋生
蘭汎外，招山人老葉書中。
只知鴻爪飛難定，頗愧蛾
眉術未工。章有問西飛將，
在銅琵琶聲唱大江東。

澹盦

同宗不琵琶偏彈春閨怨不道可兒淚如霞

幾回鄉夢繞鱸蓴語到邊
鄉一憶神馳去又存知己
感無才偏是受恩身頭顱
漸老難堪為客肝膽藴寒
尚四人同是天涯古懷抱

與君仔細語根因

題陸靜山把酒問天圖

靜山為申甫先生冢子，蹈海而死，先生悲之，因作兩畫編徵詩若

庚戌八月秋，樞謁鄉之長劉茶

譚話動移題琴尾邀以賞

澹盦

二詩吉
情壯采
好在不
作名著
語

老山念逝鯉語悽惻編（芳蕭西湖路　先　契稿）
索因時作袖出錦函兩祿也（擬寶突）
受而讀題者已如牓何肯
掃犀言撒手破塵網無閑
青蓮子既醉踩月上又閑（捉月漢江）

蘇長公以水調歌始放翁亦
以仙乎不於胡廟響世闐天
以能酒在春猶盡既除一切
苦自入三昧想死生亦偶然
終古獨來往天亦有時盡酒

澹盦

意常慨慷達人思勿思盡情道即廣

題陸靜山移情海上圖

以海為蘧廬以琴為恢笑有絃固所能無絃亦佳哉何

菩提樹
所鏡臺
古都無
那

如夢無海禪理尤澈造髓、
陸公子中眾寰凡而傲吾獨謂
不於達者心志教秀夫呼韓
為次淵翁九廟伯奇亦撫
經履霜發狐耀所遇維不

澹盦

伴。千禩有同調。愛國心尤熱。熱。

傳家德悵有。奇情。忽鬱鬱起。護

凡。想。豈妙。境。乘風。借。六。鼇。訪一

蒼洲全影長在斑遊記

佛任口鈞倉芒攄五洲蒐。美

水仙。槎。藏密一刹那。胞於古

悵惘我來披此圖坐覺天
風清瀛寰秋鏡澂萬古留照
清照
和稚辛兼懷蕤戡先生
生平酷愛王半山黃山谷作

澹盦

四詩味嘗研練不細刪手存手星在主人

力薄才疏不敢為鄭氏詩學保學王黃今日誦君排奡語始知坐困本朝詩

榮士淚横蘿次公論詩點有長公風饒他古動筆生秀

坡穀丰神自不同
奇氣在胸常鬱蟠生無
不斷有波瀾槎枒芒角一
時出欲索解人今亦難
小海高歌表海風

蘊甚在煙臺
作詩曰小海唱

澹盦

登仙辰、此行中球航環

集葫蘆島不數蘊河穴

一功

缶廬為我治印贈款之以詩

牕前風葉鳴聲以敲、畏空閑

闻汝蹐缩短童蹀躞望足 村臣圖

顛倒裳衣 縮

音一緘授我快披讀上言醉

酒惺來醒

溶前日事下有小印召魚腹

青石赤文嗚嘆噫鬼神知之

字尋澐古識者希摩錫

嘉名之曰祿史蓐已御斯冰

澹盦

死千祀開原忱有先生續先生平
生嬉奏加十日一石頌要務贊
學研金石學中年載廿八一日
戲擅崑弦京華動豪貴
幹在郭肆書戰四五載再年神外契三古具彝
雲車風馬爭馳逐丹青
文字醉心賞彝鼎璆瑯

飽眼福曲宴紆陳古珍錯
後堂覼列新緑竹千金難
折淵明遭安肩樊籠受
枌束桂鶴歸來天地寬袖
中江海滌新緣為我一咲

澹盦

刪故例筆如兵瀉驚神速
大着徑寸以若丸腰佩纍纍戛
鳴玉磨角為世罕見熊
掌參亦我所欲得隴擇存
望蜀思久生萬事恆歎

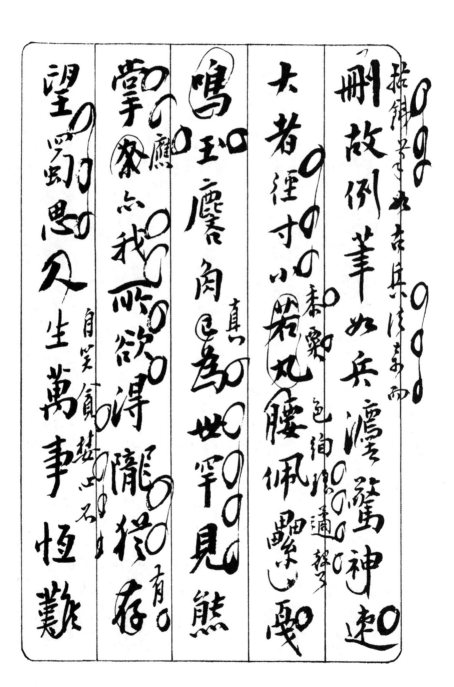

吟望不典。杜老秋兴诗"白头吟望苦低垂"，昔人已记吟望作今望。盖杜诗多係向上文彩笔昔曾干气象，接下文白头今望苦低垂。

题傅期圭自赐联翩舞
张本解　贡金十斗

色人歌一曲沿阶吟望履綦
杨海斋臣霄汉舞　倏忽时印

来德倚荒烟扫空竹

题胡右阶 含修 瑶艇填词

图

澹盦

大詩以此首爲壓卷

此篇脫胎李長吉而比大隱曲玉谿思雅

紅蘭泣露碧荷哭珠唾玉淚

天鸞鳳嘯瑤笙艇子載

詩來香橈一撥湖雲開山

陰自古盛詞賡問湘夔主人

加春

爭簌燕子春鐙

右皆刻集有

問湘夔

门大
宁行
尤工

间逮如
邪将杖
顿如谱
如珠走
不盤

萬知钞赫绣卖琉璃
贱我有蒲挑酷归玉自锺神
一酣陈璜硬沸地馬
君吴弓下一醉建云中龙上
下逐不得摩仙错愕驚词
铮君不见吴梦窗姜前石

澹盫

上下五
千年
縱橫一
萬里
精金
百鍊

綠肴冷紅 鄭叔問 與袁碧陳伯
陂滬公更絕飛行迎 朱彊邨抱
圖太哭素心同橋譯漸怨靜
梅柯檀槽故雪燕如紅
宋鏡梅兵備重續鷺膠

馳函索詩即用(其)曉渡河
根河韻賦寄
氈廬酒煖羌歌起雪花艷
照芙蓉水北方絕代麗(有)佳人
夫壻封侯始于此天上星河

澹盦

一碧連松阿鄂嫩不同川催
妝曉賦蘭陂面偕隱春歸
剩里田憶昨求凰說鳥棲
北鱗南雁爭紆指朱陳春夢
費沈吟褒鄂秋顏悔蕭

敬韻
太呆

韻何若新嫻聽沈宋唐代
詩人今著娃喜聽袍鬢
士女郎一雙鴻案齊眉敬
萬叢松柏古崗原伉儷英
雄世共尊匈奴未滅丈夫事

澹盦

一家之事計安敢論一家之計
安敢論定遠吉威驚玉
門
和丰園別穴均
一帆夔府風生峽十載龍

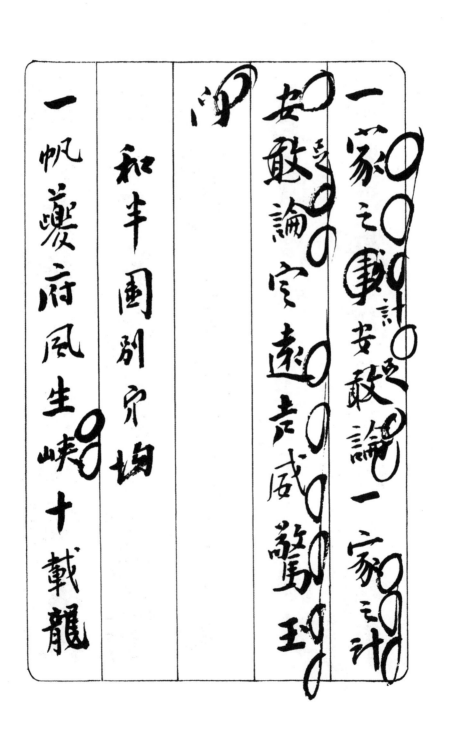

沙雪滿衣彷彿對林尋看風雨枝

約東坡老去潁濱歸

宋都督寄想園燕集同

幕中諸子作

小園蔬柳湛清華寄想

澹盦

莫如桂老家亭榭偶栖新
燕子山河程話舊託沙無
端白撥獺看鏡擬是日何處
青門好種瓜惆悵程門老
實家園有窓三楹初為程都督所建幾回秋

圃惜黃花

南皮欣李邑流連的、幽心

託素絃四野桑麻飢饉後

一樽風雨共和年喬柯葉

老籠微陽曲徑花深湯盪夕

澹盦

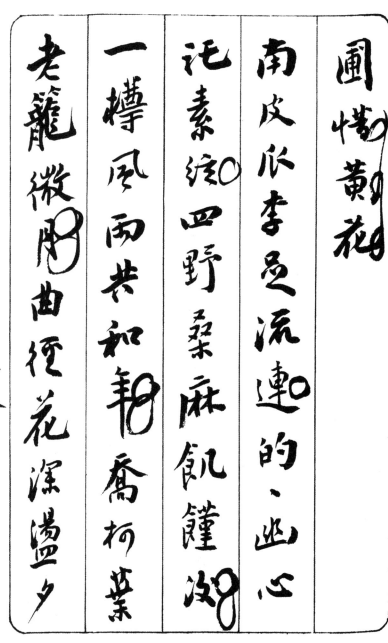

煙。獨有蘭成歸未得。小園
一賦一淒然。
藏書樓辟暑呈宋都
督及幕中諸子
嫋嫋西風生素波。江樓俯

瞰玄凄姿，俊車瀟洒游
郎面，幕府，風流，入醉咏
滿院槐榆，新，意，足，一甌冰水
雪，嫩，涼，多，乎生幾醉元
營營四海蒼，生，夢
殘酒後倚琅，嬛，一，醉放歌

澹盦

和宋都督東湖別墅之作

一片詩心冷似鷗，西風吹送蓉花洲。是日因病不克往

遙知北海開新讌，猶有東湖話舊遊。周塗諸君皆蜀人，多來往於東湖者

鬢影蕭踈渾入畫

澹盦

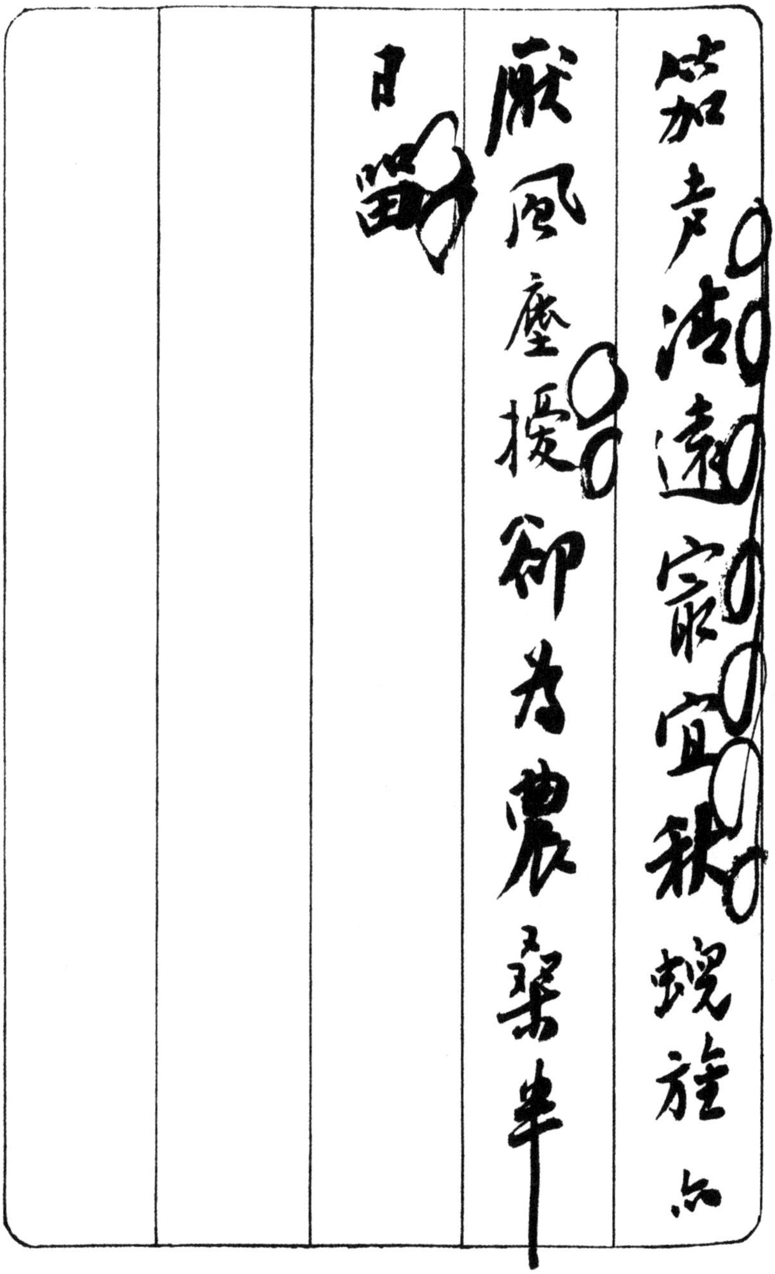
笳声浩远家宜秋蜕旋亦
厥风塵擾卻为农翠半
日留

澹盦詩草 二

8

澹盦詩草

吉林多祿竹山

其塔木屯 吉林鄉村多有以屯名蓋沿古來征戰之所取屯兵之義余家世居於此在烏拉城北八十五里去吉林百五十里

東望古原平孤邨夕照明山光

澹盦

楓葉。晴邊影。柳條。攜。齊晉

多。鄉。謠。里中多山左右人金遼郁。動。留。

田間雨後往往浮古錢遺鏃皆金遼時物也滄桑無限感。惆

悵故園情。

特地闢荊榛。先廬此卜隣。西山

讀書處南浦釣魚人揄柳栽全村繞廬揄柳數行皆先君手栽桑麻俗自醇金源與宋氏何處弔遺民

里中山水詩

太平山在余宅之東半里許俗呼曰東嶺

澹盦

村歌自太平，山容自太古。蒼茫
落秋原，蓬萊有左股。

千秋嶺在余宅之西里許，俗名西山嶺

出山見我情，在山見我性。我自
有千秋，山靈爾休競。

挹山（在余宅之西南里餘俗名山圍 先中憲公墓在此）

松楸圍若環佳氣入懷抱傷哉

萬古情斜陽下秋草

平岡（在余宅南八里許 俗呼山前懷）

山勢蜿蜒來平遠如人意何如

澹盦

可韻矣

破空起，一與蟄龍戲。

孤秀山在余家正南三十五里俗呼尖山子

南行三十里，孤秀常隨我。歸來卧，儘盧青色，一一皆可。

三台山余宅後之北山俗名小北山

暂無此

老屋倚山阿，如在三台上。五云
先陆离，中有渔樵唱。

饮碧河 在余宅之东半里，俗呼东小河

老子骑青牛，一饮春波碧。至
今河畔水声，犹有神仙迹。

澹盦

天宛山繞內松雪蓋徊山僧之謹寬來至山故不如在山言山在水言水之為親切而有味也

玉鏡河 在余宅西半里俗呼燒鍋前河

人愛春水生匳影搖不定我愛秋水清月照雙明鏡

裏河 宅南半里許即其諾木河

一水襟我扉去家裁半里柳

陰人過橋彷彿裏湖裏

仙槎河（宅南三里許，俗名三叉河）

波路去如箭、水一曲乘槎人

和歸繡隴搖新綠

帶河（宅北五山後，俗名北小河）

澹盦

奇峭

○

流澌淺且清，宛轉如衣帶。人家住白雲，在水聲外。

出山口占 己亥

出岫高吟陶靖節，東籬初拜鄭虔時。人家蒞、風塵感，只有

紀事 庚子

極北狼烽照兩京。將軍猶自喜談兵。書授子玉諸君。戲將拜淮陰。衆。士。驚。前席每多神鬼問。酬恩一劍知。

澹盦

讕言偏咲觸蠻爭。可憐嗚咽遼南水，已作秋風萬馬聲。九衢白日莽煙塵，鐵壯橫戈晝少人。尚說狂瀾迴碧海，豈知禍水影黃巾。能軍亦有宗留守。

8

髯姓何如梅子真十萬蒼生同一哭歐風亞雨淚痕隣

漢家

漢家西狩感君王零落華亭麥飯香曾日移宮行樂畫幾人

澹盦

悲壯

專戰溪手章龍顏淚下秋風

暗馬首悲生大月涼千古黨魁

誰名禍秦關百二感蒼茫

三面船 蒙古地名某帥出走時由此競渡

三面船中頭歸夕暉將軍匹馬

二十八字
如一筆書

單刀直入

去如飛胡兒不解馳驅意閒

倚西風看打圍　蒙人以為將軍打圍所眾聚觀

銅劍歌　蒙人有得銅劍者謂之為秦物感而作此

阿房三月火不滅劍氣深藏入

胡穴豈知龍性終難馴一聲霹

澹盦

靂斷崖裂中有神物長三尺出滿
身蹤沿老蝯血上鑴始皇二年
造篆文隱隱見波折有識者曰此
它秦細將往事為余說荊刀未
著韓椎空祖龍以既一何譎金

全史羅
胷陸手
招來鄰
成妙諦
力能扛
鼎新

人十二咸陽動四海九州無寸鐵
惜乎收錢未收盡雙鋒翟項
雌雄決屠龍斬蛇為一手晉
閒紫電寒光掣此時銅劍猶沈
埋獨枕荒涼千古淵問劍不語劍

澹盦

豪放雄
奇直逼
太白在
潛湛集
中只是
一體

麾笑轀輬車上長生誰布衣崛
起不識字難便箝天下老百家儲已
秦淳秦一劍中柱罷詩書計亦
拙把酒長吟銅劍歌八百書生
冤一聲

度興安領訪鑄楳觀詧　己酉

鋒車穿出洞冥、形勢東来若
建瓴王氣遥溜全無白長煙直
下大荒青人家水近牛羊老戰
地風多虎豹腥吟得安西都護

澹盦

嶺寄驗
拔

〇好騎、羸馬、勒、新、錦〇韓梅詩有又騎羸馬度興安

云句

呼倫署中即席留別

三年雖黍話前期〇裁得相逢又

生死知情同一氣〇

唱驪〇聚散人才心事遠〇艱難時〇

氣來峰

兩鬢霜（上欄箭）知九秋月色尊中酒萬古邊聲劫後詩（鑄梅有詩集曰邊聲）明日興安嶺首嚴邊天風雪路遙迴

和鄭蘊甚先生書江杏邨侍御彈章後之作

澹盦

芒鋒太露存之集中必有劉四罵人之誚

袖中奇策動

先皇江鄭同看有露章（蘊戡詩有江鄭同登世共看之句）

豈以直声震寰海敢將

廟略挽回光老夫鬚矣奸何用二

趙鼎哉心自傷（用湯蟄仙電中語）昔日論

爲寄呈
影客

兵今論諫孤羆，懍懍道能嘗

檢行篋得戚庭以為感賦

人代茫茫，宿草滋。鏡中猶見舊

須眉。少年嬉馬，同遊地，老去空。

鏗鏘。憶時鼙鼓，蒼瀟野健

澹盦

感舊傷時深情幽訴

悵風雲叱咤付奇兒開函忍誦

漢洋

梅村句零落親知更有誰

渡河

戰地幾興亡鋒車出莽蒼南

來千柱大東下萬流黄沙勢

長字韻
自錄

垂平野山形起伏得松江橋
上
望襟帶敢爭長 松花江亦有鐵橋
臨別邀友梅小照
馳驟名場記少時朱霞天半
見丰姿世間多少英雄（威）贏得

澹盦

霜華滿鬢絲雄字下落感字

脚跟猶繞漢河煙
徙倚龍沙又十年
愛陸輿歌諸士女
買絲齊繡趙屯田
時局桓伊喚奈何
每將勳業

錄梅小照
予亦有詠
去此工切
者爰謂
有深淺也

悔蹉跎狂瀾既御誰收拾忍把
朝衫換笠蓑
公入興安我入吳臨歧握手垂
踟躕他年萬里桓梅花裏明月
前身憶此圖

澹盦

周蘊甡先生車中遇雨

千山捉臥龍不知去何許忽然

腳底雷洒乍一天雨

偉論破庸聵公真天下醫眼

優有奇效此意老耕知

錫清叩

謂閔蘊

四詩就車中之語而作不著一字盡得風流

戲之言如食人席言家有益也

張子此宦情謂季直先生湯子此兵藉

謂蟄仙先生惜哉兩先生竟与嚐藥

俶此二句乃紀車中語

美園幾遊遍心意為之小何如

澹盦

海藏樓縱目出天表

題缶廬集贈吳倉石

角里先生清且閒，老成冰雪照

癯顏碑碣衡嶽岐陽外，畫左

青藤雪箇間。早歲交遊歸短

搖筆即
成劍南
兩[illegible]句

擁一爐梧竹繞名山我身願與梅花伍明月爲人自往還

寄懷白鷄刁馬

小河沿裏繫輕橈一樣詩情共酒澆今日江烟漁火外有人擢夜

澹盦

泊楓橋

虛堂汗墨手交揮。簿領叢中人四圍。羨否虎邱山下路，畫船齊唱晚涼歸。

又乞人間老秘書。幾回訪舊

四詩予亦有和作不及原唱之高

意踟躇夕陽偏戀桃花隱髯
蘇吟魂寄六如
尋詩重埽舊巢痕題徧金閶
處〻門惆悵曲江人不見雨絲煙
柳更銷魂

澹盦

二詩出入張船山查初白不似北人口吻流堪不去吳越間終身不能爲此語

集思賢堂贈諸同人

毿毿絲柳間疏篁鴻雪隨緣到畫堂入國遠懷吳季子分曹同舍蕭諸郎魚喁新漲動池碧人語疏簾夕照黃寄語

思賢、節度莫將風月誤平
章
遼海之間老半生素心原不
在飛鳴頻依幕府高眠慣
早卸朝衫獨咲風夜雨聲中

澹盦

高黃鸝滿綠楊陰裏盪隔
城年來載徧江湖酒愧名
隨到處迎

寄友梅兵備

我生鮮兄弟畏與良友別一來

詩正之本
鄉前人垂石
裂

心緒惡沉復三閱月忽聞巡九邊
路遠風雲絕新詩未滿洲飽
帶興安雪時艱發古愁奇響金
石裂生平問心迹心迹胡可滅懷
昨天南行鵠立送旌節人語

澹盦

逐輕電飛鳥裁一聲游蹤溯
京漢往事爲公説吳中賡舊
緣詩辟摩詰偈哀哉憂患場
旁睨心已折豁鴻滿江淮羞見
飽人血翼異黨復潛煽集匪

多少層折

時出没急治隱走險不治禍尤
烈標本兼治之此語出前撫安
浮斬亂絲一斷如刀削但知籌
可運無慮俎休越江淹老秘書
堪咲才已竭遠道感深眷為我

澹盦

全首歷
落壽射
洋茫無
際
道不已以及
其令名以
為期
若梅孤
於心情
千古

英藻飛玉勵佐治閩藥之為
我勝一決古來九漢地鋒鏑造
豪傑願保歲寒心肝膽照古
錢老梅與孤作兩地爭芳洌
神交責有道詎在顏色接相

思深復深暑雨猶未歇。

題友人蹴鞠圖

種桑東海曲。樹老耐風煙。有客高松下。花時拚醉眠。畫禪董元宰。勝侶傳延年。霜蒸村醪

澹盦

熟陶於懷葛天。

次韻鄭蘇戡先生題網師園

辟地後之作

胸中五嶽鬱風雷。璞璞雕蟲枉費才。鮮道橫空盤硬語。華山

雲氣動松澗
地接滄浪天蔚藍華嚴境界
記同參香南雪北多常路遠響
誰尋落木庵
送藴戡先生之關東

澹盦

通全以醫
字為骨
因歸師
一言騰挪
而風雲替
去縮何
筆華力

凡醫不縮手。誰肯丐醫聖。何況
呼噏間。即系全國命、亦豪
傑造。熟諦病夫病。先生出隆中。
絕筆風雲字。一語歸師驚。再語
華風鏡。歐美相聘聯。兩雄去足

横。歸栖海藏樓。豪氣百倍更。今朝仗劍去。不馴自龍性。欲收蒙滿擁。歸我鞭笞來。鑄肩擔此道。手辣敵乃勁。鯫生憂患人。對之淚點迸。盡埽荊棘叢。豈僅繼桑

澹盦

敬。看公洗沈疴。醽酒遥相慶。飛
船煙如龍。一笑滄海靜。
因朱古薇侍郎夏劍丞陸勉
儕諸君集滄浪亭
六一吟殘世已遥。孤亭宗、草

忍俊不禁也

蕭、秋隨天上卿雲到人共山
扣舊雨拾掇之鮮細尋墻角字
惜花深立藕邊橋他年誰仝
滄浪長詞客風流問六朝
歸盡邊愁天地寬奇懷不減且

澹盦

二詩笑
凡泥執
筆情懸
書

爲歡無端咲傲偏宜酒如此疏狂
豈稱官風定蟬聲搖草樹夜
深螢火亂栝盤臨流頗憶漁洋
語擬帶笭箵與世看

宴劉伯崇殿撰於拙政園同

悱惻纏綿真氣盈楷

朱古微先生鄭叔問中翰劍丞
勉儕諸君即席仝和右堦韻

萬荷香動雨餘秋，面水軒開積
翠流。何處茶花尋祭酒，當年烽
火憶蘇州。相逢約板皆詞侶，話

澹盦

二詩格高氣清不同尋常步驟踞跟入吳語之作一見便知

乘槎是壯游，徙倚畫堂前哲遠。
新涼如夢上簾鉤。
蓬萊高擁五雲還，一代文章舊
馬班。人語中元前夕酒，我來別業
故鄉山。園為八旗會館
鷄鴻浮路誰張

往魚鳥相親騰一閒放卻談禪
且談劍好將奇語破癡頑

澹盦

澹堪年譜稿

澹堪居士年譜稾一卷

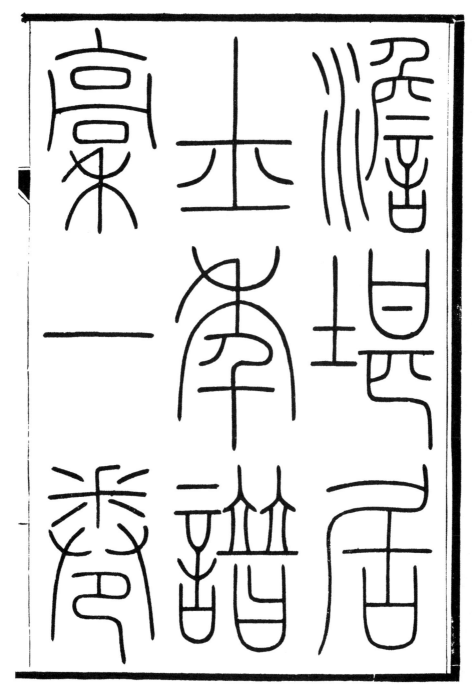

甲子三月上澣刊于京師

予交澹堪逾十年未嘗見其有矜飾之容矯激之論而介然皭然極世變而不喪所守心敬而異之讀此乃知其嘗受知于王孝鳳府丞師事于次棠撫部二公皆舊時朝士之特立獨行者淵源蓋有自而其涵濡于庭訓又已豫也向聞君有與程某絶交書今合觀先後三書情摯而辭嚴君臣朋友仁義兼盡程故嘗與俄人爭邊事憤而自沈于江俄爲慴服晚節乃披猖至此

中無所主益以私忿遂爲邪説所誤事後省悔
長齋懺佛亦可哀已君始交之終絶之皆以道
也君病中以是編示予自謂病不可知君自辛
亥後即已置死生于度外然予長君十五歲去
夏亦嘗就醫住院匝月危且倍君况君深于修
身立命之學其澹定固足以自養哉
宣統癸亥十月十八日閩縣陳寶琛同在京師

澹堪年譜稿

大清同治二年癸亥一歲

是年十二月初八日亥時余生于吉林城北其塔木屯宅中屋之東偏其時　先祖妣已近八旬　先君及　先妣均四十餘得之甚喜三日親友來賀者咸曰是亦徐卿雛也　先君命名曰祿

同治三年甲子二歲

是年臘八日爲余周晬晬盤既設　先君抱余
恣所取余先取一小印旋棄去次則取斑管一
始終不釋自念生平一官不終而自壯至老嘗
役役于筆研之間者其殆有定數乎
同治四年乙丑三歲
六月暑甚喉患作湯藥雜投病日增劇適嫂氏
錢夫人至駢二指按喉間血出斗餘而愈嫂氏
鵬齡四兄室也

同治五年丙寅四歲

是年吉林馬賊四起聚嘯東南諸山中出没遮略行旅一日忽傳賊至已渡江矣于是余　父奉　先祖妣携余乘夜度北嶺得舊識楊姓家止焉余　毋與余姊後至而邨中之避難者緐屬室小人稠喧躑中夜至次日余以驚悸而病聞賊東下遂歸家

同治六年丁卯五歲

初學識字　先君折紙爲笵方寸許自書而自課之日廿餘字既而莞烏拉旗務八月　先祖妣病趙氏姑先來　先君得訊星夜歸其時祿權爲總管忌　先君能乃以擅離訐之遂罷至十月　先祖妣捐館舍家人哭余亦哭于某處行禮某處成服至今猶記也

同治七年戊辰六歲

二月　先君手抄論語每日一章且講且讀至

十二月四子書均能成誦　先妣喜曰我兒能
讀書矣
同治八年己巳七歲
余族有家塾去我宅之東數武是年表兄富永
富淩均來就學余仍　先君手抄毛詩教之嘗
于枕上喃喃誦不休至今背誦詩經較諸經尤
熟者蓋以此也
同治九年庚午八歲

二月下旬　先君以舅氏榮潤庭通侯時爲伊犁將軍奏請復官得　旨俞允赴都引見是歲大無遠邇無所得食余家存米穀較多　先妣令出而振之村民大悅俱呼爲成善人家其冬十二月　先君歸初　先君嘗教余誦唐詩余最喜一日楊公簡齋至楊公名誠一戊辰進士也見案上詩問能吟否曰能遂以秋郊命題余吟曰滿地高粱紅四山榆葉風楊公大贊之曰

此子將來必能詩好好爲之余之學詩從此始

同治十年辛未九歲

余自前歲領上生創其肰近癖延及鬢髮醫者曰是名黃水創痛癢撫摩　先妣竟廢食寢百方治之終無驗直至戊寅余應童子試時始瘉是歲僅讀周易二卷而已

同治十一年壬申十歲

頭創仍未瘉有李嫗巫也爲治之不效或云蟲

也投以殺蟲藥亦不效九月　先君因感風寒病甚劇咳而且喘幾瀕于危　先妣内則侍疾外則持家稍暇則爲余搔抑按摩往往終夜不寢勞苦極矣

同治十二年癸酉十一歲

三月　先君病愈余患亦漸輕延山左林先生壤滋授尚書以語言不甚明了至冬遂辭去

同治十三年甲戌十二歲

余就東院家塾讀塾師王先生世官吉林人方嚴夏楚無虛日學生恆引以爲病余仍讀尚書至三盤八誥雖難讀恆能上口師亦不余苦也

十二月

穆宗升遐

皇儲未建以

光緒皇帝嗣

光緒元年乙亥十三歲

拓榆廬爲館聘蓋平王輯臣先生宗瑞教之先
生工詩古文辭是年授禮記學作古詩至冬思
鄉且畏邊地苦寒辭去薦其中表王桐堦先生
鳳年代焉
光緒二年丙子十四歲
王先生至宿學也能以古文爲時文而尤長于
詩是歲授余春秋左傳口講指畫刻無暇晷余
于詩文粗知門徑皆王先生力也

光緒三年丁丑十五歲

是年進境頗速春夏讀文選學作律賦古賦秋冬讀唐宋八家文學作時文比歲莫詩文賦及雜作皆能成篇記性之好讀書之多無逾此年

光緒四年戊寅十六歲

桐師歸仍舊課親友皆勸赴童子試桐師以爲稺也三月始徇戚友之請余　父名以多祿字以竹山應試焉是時江冰初泮路不得通迂道

行坐薄笨車四日始抵省寓東關白旗堆子王
名棠化南家名棠之祖名雲章與　先君交最
摯既有世誼名棠昆仲俱應試朝夕觀摩亦甚
得也吉林廳同知爲善公餘齋慶頗能文首題
子以四教文次取士必得詩題薄采其芹得芹
字首場列第四名覆試文題爲使子路問津焉
長沮曰夫執輿者爲誰詩題一片承平雅頌聲
得聲字余文成甚速繳卷時善公坐堂皇問年

歲籍貫甚悉贊其文並加勉焉榜發列第一八
月院試學政爲王孝鳳先生家璧考古題爲以
道事君以所謂大臣者爲韻詩題虛堂懸鏡得
懸字正場首題出則事公卿入則事父兄次孟
子見梁惠王王曰叟詩題聞木樨香得聞字遂
以第一名入泮獎賞時蒙贈張注小學一部格
言聯璧一卷是年冬大雪深數尺車馬往往不
得行記謁客時行廿餘里雉爲鷹逐輒投車箱

中往返得七翼云

光緒五年己卯十七歲

春桐師自家歸使讀朱子綱目日可一卷有暇則課時文因桐師欲鄉試遂偕往赴烏拉起應試文書有翼領春慶俗呼春六嘎子者百計阻撓不肯與　先君抵省展轉託當道始得行同行者爲桐師與秀峰七舅也啟行已五月杪會大霖雨過奉天彌望盡成澤國日行數十里或

一二里然人馬罷儆矣凡歷五十日始抵都門
先住南城外興順店後與七舅同往寶禪寺巷
榮宅伯舅潤庭公待余甚厚惟以七舅不能博
一第甚恨每會食則怒形于色使人不歡場後
匆匆即歸九月到烏拉　先君已先在相見悲
喜次日始到家見　先妣焉
光緒六年庚辰十八歲
先君平生最睦族誼修譜爲之置祭田且自序

告余曰宅日勿忘以辰年修我家譜祿謹受教
其年馬賊充斥官中莫敢誰何將軍銘鼎臣安
辦賊嚴徼循蒴撲纔氛略戢翼長金公午堂福
其最得力者也金公以巡鄉至吾家謂余爲小
秀才頗極愛重託巨商王君作冰遂以其女妻
余即前室孟孺人也
光緒七年辛巳十九歲
孟氏名慶貞字淑卿長余二歲閏七月二十一

日來歸是月天大雨送嫁者皆在泥塗中先一日主王名棠家天交寅遂親迎焉先是吾姊已字烏拉趙氏爲西岑君之室均王君爲媒者至是　二老人亦命嫁兒女昏因一日了畢向平不足數矣唯王君因上下失和爲其人所刺斃日而死可憐也王君名信字占一吉林人

光緒八年壬午二十歲

仍請桐堦師教余温習綱目探討制藝以及試

帖律賦悉口授之八月長子世奇生
光緒九年癸未二十一歲
補讀四子書注是歲歲考第一補廩膳生員八
月余岳金公卒于軍疏入以副都統例　賜卹
並建專祠
光緒十年甲申二十二歲
二月赴省寓崇文書院之景韓堂課文課詩課
字山長爲顧緝庭先生肇熙江蘇人以分巡道

兼理者也顧公博極羣書長于經世之學爲諸生教以讀經讀史之法以及百家之書朝夕講解娓娓不勌余受益焉遂爲專課弟子是歲爲乙酉選拔預科三月朱學使來名以增字硯生亦江蘇人科試經古題爲國士無雙賦以至如信者國士無雙爲韻擬杜工部游何將軍山林詩十首文題爲有美玉于斯一章次題虹始見萍始生詩題江城如畫裏得城字放榜余列第

一選拔第一日題子曰富而可求也一章王立
于沼上顧鴻雁麋鹿曰賢者亦樂此乎詩題以
禮爲羅得羅字次日策問三通葛王兩武侯論
從我乎猺之間兮解余取選拔第一同取者蔭
雨舲昌年雪峯康年何蓮西清永也十一月赴
奉天會考月餘始還
光緒十一年乙酉二十三歲
桐堦師以老而無子屢欲歸家不出本年置一

妾已有成説顧值昂力不能任　先君又犯宿疾惡鄙不敢請不得已商之室人室人慨然以金條脱爲贈桐師歸而納之即宅日生王德紹者也是年自温經史以親病未能遠出七月長女世薌生

光緒十二年丙戌二十四歲

四月　先君病已愈趣赴選拔　朝考遂與同年牟雪峯同行岳家蒼頭王衍祺侍余焉至京

因表兄富錫田永先在亦寓寶禪寺巷舊宅詎知自先伯舅故後家庭多故所遺家私爲人攫取殆盡錫田訟于官得直俱返之六月七日忽得吉林急電謂　先君病重令即回余當晚携王僕就道大雨滂沱坐騾車日行可二三十里關内爲水所阻住五日又行抵奉天界水大至不得行遂變車爲騎至小黑山大雨又數日避旅邸中貲斧斷絕其富紳孫翼之鴻猷者早相

識將箱篋質其典鋪中得廿四金乃至昌圖時
昌圖知府爲高雨人世叔同善延至官齋宿焉
次日遣差弁二贈賮送余至家已八月二日矣
然　先君已于五月十六日棄養憑棺躃踊痛
不欲生　先妣揮淚責曰汝家累世書香在汝
一身我之相依爲命者亦在汝今若翁新逝喪
葬諸事誰貸汝者乃欲自毀詎哭死即爲孝耶
余收淚長跽受教謹擇于九月十一日成　主

次日安葬在家南　祖塋之西是日天微雨會
葬者數百人
光緒十三年丁亥二十五歲
讀三禮此經十三歲時已讀至此重加紬繹以
爲日課秋七月因外感頭痛醫者誤投白虎湯
遂大病展轉牀褥者百二十餘日孟孺人焚香
禱天恆徹夜不眠至愈乃已初甚肥壯從此消
瘦矣

光緒十四年戊子二十六歲
補讀周禮是書小時未讀讀之頗費力兩年餘
始畢
光緒十五年己丑二十七歲
是年仍補讀周禮十一月次子世英生
光緒十六年庚寅二十八歲
正月　先妣病病稍愈面目浮腫後遂潰而爲
創四月餘始大痊十二月次女世蕙生

光緒十七年辛卯二十九歲

補習爾雅孝經此書最宜小時讀事半功倍稍長再讀則難記矣今日思之亦不似它經之熟也四月馬賊擾鄉鎮因携家赴省從周讓三先生德至學文周時爲府學教授八股名手也愛余文頗受切磋之力又爲雪蕉吟社共課古詩社友爲曹季武李雲松鄧節珊宋百泉也十二月三子世偉生

光緒十八年壬辰三十歲

温春秋左傳兼習公穀五月次女世蕙以疾殤

光緒十九年癸巳三十一歲

移住局子街與徐敬宜鼐霖于筠厚翰篤鍾壽符祺劉仲蘭葆森締交時相過從是歲爲鄉科遂偕往由營口附輪船抵天津坐風船至京寓北城宏恩觀觀爲某大璫建規模宏敞頗有

禁籞之意次棠世伯教之爲文專主天崇似無

所得又教以讀書作人之法極爲懇摯謂看書宜從卷首第一字看起直至卷末最末一字方爲讀過一遍論學古文宜學八大家不主漢魏初令看小學看通鑑再看正誼堂叢書再看五禮讀禮兩通考以此爲主其餘各家隨時涉獵可矣考國子監八百餘人余取第一次師喜以爲此科當可獲雋乃八月八日甫入場即感寒大病昏昏然不復省人事遂狼狽而出次師深

惜之于是歸家不復作科舉想矣二月四子世
杰生
光緒二十年甲午三十二歲
余與徐敬宜讀書北山蕭寺中看書讀古文一
遵次棠師之教七月又購得局板廿四史一部
與敬宜並讀而互解之
光緒二十一年乙未三十三歲
補讀文選及離騷六月六日趙氏姑病歿其前

室子不孝聞侍疾甚草草婦亦如之余與余妻往江漲道塞至夜已深其子託疾不出惟其婦出以草具供饌而已先姑性嚴重遇事持大體鍾愛余嘗爲述吾家往事以訓勉之後余有先姑事略一首記其事

光緒二十二年丙申三十四歲

閑居江上百無所聞唯閉門讀書而已山長王少石先生文珊次師甥也工于文頗相知愛每

過從賞奇析疑往往燭見跋而後去
光緒二十三年丁酉三十五歲
八月刧墳賊起持械傷人十四日地莊人忽來
謂　先君墓爲盜所發余大驚急馳往至則棺
已毀衣冠雜亂滿地皆編管遺灰蓋十二夜事
也于是哭不可仰急名人將棺木修整完好覆
以衣衾爲文詳告以妥　先靈有苑春華者與
余善時爲巡防營官囑捕此賊不一月而罪人

斯得遂寘之法十月十日晡孟孺人患心痛初不爲意至夜而劇延醫爲藥所誤因以不起十二日病甚日加已絶而復甦知不救乃執余手曰事老母不終又以兒女累汝罪矣遂瞑至首七岳母來一慟而絶喚醒後已中風不能言沈緜三日而歿余内弟慶恒頗孝既痛姊之新喪又悲母之遽去毁瘠柴立有所諮輒泣時敬宜寓余家經營喪事調停于兩家之間一切皆賴

之十一月廿五日遂權厝孺人于北山寺中即

甲午讀書處也余作詩五十首哭之本思緩續

而　老母多病侍側需人諸孤幼亦需人調護

者遂于十二月二十一日聘唐氏爲繼室焉唐

居城南鰲哈達屯爲魁君陞之妹名淑字靜可

少余四歲

光緒二十四年戊戌三十六歲

唐氏爲人極和婉事姑孝能先意承志待諸兒

如已出煦煦噢噢若惟恐傷其意者　先妣喜曰吾得新婦如此吾願足矣是年四月岳母唐太夫人卒

光緒二十五年己亥三十七歲

五月爲大兒世奇娶關姓女十二月内兄魁星皆陞赴奉天將軍依誠勇公差次余亦偕往遂入其幕主文案焉此爲余出山之始而吾友敬宜亦來奉天任交涉事

光緒二十六年庚子三十八歲

正月誠勇公依克唐阿以疾薨于位繼其任者爲增將軍祺余仍在文案拳匪事起吉林岌岌乃請　先妣率眷屬赴奉儆屋小金橋與星皆比屋居朝夕過從甚歡閏八月初旬聞兩宮出狩洋兵犯闕羣盜慓起增公倉皇出走從官亦逃兵火滿城余與星皆奉　老母入蒙古地間關數百里

出入亂軍之中囊無一錢仰事俯蓄惟星皆是
賴寒氣砭肌衣不掩脛吾友敬宜時在壽仁山
長軍中携羊裘數襲氈履數雙冒險贈余余感
極而泣以所乘良馬贈之
光緒二十七年辛丑三十九歲
正月十四日余奉　先妣率眷屬還吉林　先
妣自受嚴寒艱于行每升輿皆成君廉趙老舅
扶掖之二人者星皆戚也初增將軍在逃時與

敬宜有小嫌至是遂因敬宜于營務處意將不測余百計營救之三月餘始釋

光緒二十八年壬寅四十歲

四月長女世薌聘于衣姓五月　母夫人患鼻衄血乃湧出旋愈又受新感遂不起臨終誡禄曰天下將亂吾不願汝作好官但願汝好好讀書好好作人而已語畢即于二十五日棄養九月發引亦藉北山寺中爲殯宫至辛巳始安葬

焉十月五子世超生

光緒二十九年癸卯四十一歲

寓江沿盛某之宅八月赴奉天應　欽差廷大臣杰之召爲主文案放西流水之荒務也與廷公同行未至西安而病乃辭差輿疾歸侍者惟張慶一人調護劬勤甚至抵家則九月下旬矣汪訒齋先生士仁爲余診治歷兩月餘始愈

光緒三十年甲辰四十二歲

程雪樓先生德全與星皆至好與余亦同譜也以保全江省功是歲蒙
恩名見新授齊齊哈爾都護道出吉林邀余同行四月至卜奎辦理文案鄭君馥山國華先在未幾宋君友梅小濂亦來即世所稱鐵某都督者也程公勵精圖治百廢俱與我輩襄贊其間亦不遺餘力未朞年而化大成將軍達公端拱而已

光緒三十一年乙巳四十三歲
三月十六日合葬　先君　先妣于抱山新塋
亥首巳趾葬畢還江敬宜來辦文案及荒務星
皆亦來長善後局事六月請設治緣官疏入報
可于是以馥山爲黑水廳友梅海倫廳敬宜大
賚廳余以候選同知得綏化府八月各將赴任
余力辭程公不可余曰必爾則以三年爲期及
期須容我還也雪樓笑允之乃之任九月眷屬

俱往十月三女世蘭生

光緒三十二年丙午四十四歲

綏化風俗樸僿歷任邊吏無講文治者余至其地爲之興學課士息訟鋤奸兩年已來民甚樂之頗有以經術飾吏治之意惟當時　朝廷方講求新政襲憲法之皮毛舐歐洲之餘唾余心懼焉而且賄賂公行親貴用事知其去末季不遠矣屢欲乞休不可得六月署期滿授以爲真

十一月四女世芸生

光緒三十三年丁未四十五歲

綏蘭海道某紈絝子也罷然自大以余爲不恭思中傷之然無瑕可蹈莫可如何余乃嘆曰古人不肯爲五斗米折腰今爲此籧篨物所侮弄是胡爲者以修墓以病均不得請至十月毅然挂冠去見程公因有三年之約亦不能責也天下滔滔汙人猶臟思欲得吾學以澹之因自號

曰澹堪云先于九月爲二子娶婦馬家女是月
四女世芸以疾殤
光緒三十四年戊申四十六歲
三月黑龍江巡撫簡周公樹模程公受代而去
余亦偕行由京而滬雲車風舶無不與俱五月
至上海寓新閘路與湯蟄仙時相往來求其作
譜序一首六月遊普陀山徧歷諸勝可二十日
八月觀潮並遊西湖亦二十餘日至臘月歸黑

龍江是年七月
孝欽皇后
德宗皇帝先後棄羣臣天下縞素于是立
宣統爲皇帝
宣統元年己酉四十七歲
程雪樓中丞復起用爲奉天巡撫余仍在其幕
中十月爲三子世偉娶趙女爲婦四子世杰在
奉讀書敬宜出爲黑龍江興東道

覃恩
誥封三代
贈　先曾祖　先祖　先考爲中憲大夫
封　先曾祖妣　先祖妣　先妣爲恭人
宣統二年庚戌四十八歲
正月在江省爲四子世杰成室娶袁氏袁氏者
壽眉峯將軍山女也是時正防疫人死山積賀

者皆草草而去無留食者五月吉林火全城殆
盡程中丞調江蘇巡撫余隨往于此得友甚多
如朱古微侍郎祖謀鄭小坡中翰文焯趙堯生
侍御熙皆一時文中山斗他如夏劍丞觀察敬
觀吳昌碩大令俊卿陳伯弢司馬鋭往往出遊
倡和累日暇則至冷攤買舊書頗得精本亦一
樂也是年敬輯成氏家譜成共十卷蘇戡先生
爲之序歸來按房分致族人俾世世藏之無失

七月六子世堅生

宣統三年辛亥四十九歲

春復來江蘇默察幕中氣象已變内則羅佶子

良鑑應季中德閎竇倡新説而李孚軒肇慶亦

附和之外則章駕時等句通軍界革命之勢遂

成五月陸申甫方伯鍾琦擢山西巡撫程中丞

擬以應德閎署德閎者候補道也貲淺疏入

朝廷以爲不合鐫程公二級以是遂銜之形于

詞色七月蜀亂八月武昌事起滬上紳商來蘇者排日踵相接語密不可得聞至九月初應德閎歸自浙江議乃定然余不知也于是程公在幕府集議以覘向背諸人皆勸進以爲時不可失其獨立便余獨以君臣大義折之衆遂嘿然而散是夜不能寐上書程公云

雪公中丞坐下一昨與議大計適爲羣言所亂極爲皇悚然勢已至此迫不及晌再一游移必

悞大局敢將期期不可之意再獻于公望採納之今之幕中半皆識時俊傑其所主者革命之學說其所抱者孫文之宗旨夫孫文一窮豎子耳成則侯王敗則仍爲亡賴公能之乎一朝失足千古傷心此萬不可者一也凡言革命必其與朝廷毫無關繫冒險爲之未爲不可今朝廷待公何如以秀才而爲開府以漢人而爲將軍無一事非破格之　恩即無一處不非常之遇

一旦反顔相向似于良心終有未安此萬不可者二也聞公起意之初實爲應道一事遽鐫二級以爲亂命遂飲恨而爲此以一介之難容遂失大臣忠貞之體此萬不可者三也説者動以以身救國保境安民此尤誤矣生人大節首在君親根本既除枝葉安附是何異于寡婦改節而謂藉夫養子者以誇耀于人乎此萬不可者四也公之在黑龍江也丁庚子之變抱礮沈江

氣讋强敵早置死生于度外所以當代奉若神明忽然望風而靡作降將軍縱不爲前功惜獨不畏天下笑乎此萬不可者五也且時變不可知成壞亦難料以目前而論似乎天心人心已厭清祚故不能不扶義而起儻事機中變危而復存使小朝廷有一隅之地如前代之偏安我公將何以自處此萬不可者六也人于朋友于其家門淩替尚思百方拯救以底于安今朝廷

萬急不但不爲援手反以變名之篡逆行之于寡婦孤兒在朋友且不肯爲竟于君臣毅然爲之忍乎哉此萬不可者七也以上七端望公力排眾議獨斷獨行知大名不可倖邀知不韙豈容輕犯臨厓勒馬未爲晚也夫祿之與公分雖僚屬誼猶弟昆在平日且知無不言豈臨難竟陷于不義公試自思今或無暇慮此倘他日到進退維谷之際必追咎左右何無一言祿也何

人能無愧責此所以終夜徬徨而不能安枕者
也語急不暇擇謹披瀝上陳伏維諒察
書入不報次日又上書略云
近日軍界已通大勢去矣孤城萬不能守爲公
之計只有去之一法輕騎徑赴滬上再看南軍
勝負如何相機因應待時而動庶乎可矣至于
印信可交臬司暫代公之眷屬可令孚軒照料
先行其餘事件即令應道及羅令行之萬不可

誤于邪說自蹈危機貽天下萬世以口實也云
云聞爲羅倍子所阻仍不省至十五日黎明天
微雨忽聞人聲如沸闐然而入起視則臂白布
者盈庭矣前庭此時已宣布獨立樹幟二曰興
漢曰保民程公出堂皇立于中章駕時爲南軍
代表立于左側演說革命宗旨痛詆清廷旋以
都督印相授程公頗有慚懼之色各司道皆張
皇失措其中泣下爲最多者廉訪左子異也既

而軍樂暴作大呼萬歲而退子異名孝同文襄
季子
余閉置園中欲歸無計會有使浙之役余請行
程公許之至浙與湯蟄仙相晤留飲極歡而散
是夕客邸中一女兒對門居詢爲敢死隊首領
操粵音終夜手不停揮皆歐西字發函數十起
其隊來謁者亦數十起女皆部署之擾擾竟夜
天未明即率隊登車去亦怪物也還至上海遣

僕回蘇州抵書程公言事機一變宗旨不同余亦從此逝矣函錄于左

大清綏化府知府成多祿上書民國蘇州大都督雪樓先生節下容侍鞭弭數年于茲慚無一能可答知己已往之事夫復何言中道乖棄實疚我心是以區區不能自閟伏惟節耑躬神武之姿膺方新之運遠復黃系宏此漢京幕中龍虎才俊畢集房杜相資蕭曹接踵以今方昔于

斯爲盛宅日翊大勳佐新命實其人也至如祿者性成頑固壯不如人未可與權自知無狀且猶少事

清朝叨承一命已屬棄才若如衆議内任某事外領某州過蒙矜寵何以自安深維君子再三之節竊比婦人從一之義但此身之不死即此志之難渝邇來方寸愈瞀亂矣瞻言北天愴懷家國桑梓不春黍離已秋譬彼桐材爨而弗聲

方之劍鐵冶而忽躍縱明公宥而弗罪恐同列
亦爲不祥區區之心萬難再試每念此變未嘗
不淚盈臆汗沾衣也往以身無寸勞不敢言去
此番聘浙幸不辱命庶酬萬一還留滬中如在
汝上浩然已決航海即東願節下鑒此愚誠放
歸田里以遂麋鹿山林之性聊申犬馬水草之
思鈞量恢宏必不呵譴亦各行其是耳所賜贐
資義不敢受敬謹封還備犒師旅生平交誼語

盡于斯戇直愚惛尚乞原諒臨題草慼謹昧死
奉書以聞
宣統三年九月二十日上
越日由營口回江一家團聚戚友相見同慶生
還往事真如夢寐也十月程公萃革命軍攻金
陵南京不守余聞之憤極傷國運之將終益見
人心之難測也是月十八日攝政王退位十二
月二十五日

皇帝遜位國體改爲共和此千古未有之變局也以爲猶此國而吾土安在以爲非此國而吾君固存凡百臣子實飲恨焉吾甚不願爲得新忘故者引爲口實故紀此編即以本朝年月爲終始後則非所知也

祿自束髮受書承　先君子及先師之教所以期望于不肖者遠矣乃生不逢辰丁此陽九既無東海銜木之能又鮮西山作歌之節

明年裁五十泯然無聞浮生若贅即至八十
九十亦不過一忍辱翁長樂老耳雖有甲子
曷足紀哉世有知我其亦鑒此心焉可矣
宣統三年十二月三十日澹堪成多祿書于
龍沙寓廬

澹堪年譜稿一卷

男世烋世超校

余交　竹山十餘年矣其人重然諾急朋友之急義形于色而　竹山亦悅余之忠樸故過往甚密一日出此卷示余生平備歷艱虞悉載其中然堅苦自勵在姦諂蛆酷之宦途中能束身自立君子人也國變日前後上程公雪樓書淚與筆俱侃侃無復遜避拂袖歸田則年四十九耳而年譜即以是爲止示仕終我

朝也余稱是卷可繼亭林年譜之後嗚呼余海

南一布衣耳心悲

先皇帝不遂其志鬱鬱崩于瀛臺當客杭州時

額其樓曰望瀛辛亥奉

安後紓恭謁

崇陵凡十一度然臣子之分愧不能死今與竹

山皆偷生耳嚮亦欲述生平之事不名曰譜名

曰瑣記成時決請竹山跋尾示志事同也度竹

山亦必許我

宣統十四年二月廿一日清明謁
陵歸信筆書此愚弟林紓拜識

吉林成氏家譜

吉林成氏譜系圖序

國初漢人以從龍隸八旗者曰漢軍世祿比滿洲乾隆初始有出旗之令其人率皆中土壯族旋雜居朔漠習於邊戍類能效忠

湯序

本朝守其世挂蓋族望之重久
矣成氏舊籍山西洪洞明有發
河南之確山者遂家焉康熙
間以漢軍徙烏拉此為吉林有
成氏之始累葉多武官其七世

祝三太守多祿承其先德　保卿先生家學種學能詩有聲續於綏化薛居海上介程雪樓中丞以譜系圖乞序圖印　保卿先生創爲之始以前僅記其遷徙之畧

而已世系獨記自祖徙烏拉以来太守庸前乎此者靡得而詳焉故寶此圖勿須臾忘修乎敬宗收族之意者哉嗟乎中原一大族也自宗法不講同本之親漠焉如萍

之隨風聚散然猶相失繼且相爭相殘殺而異族得自海外侵入族誼之繫於世變可不謂巨耶俗如六代之敝矣獨其士大夫尚以藝閣自高尚趨宦門踵驥顯搢紳

不盡也其時流品宦嚴而譜牒之學亦宦盛世何門第之弊至以財貨相奸唐太宗特為定九等法以抑北族其朝臣諸豪宗全忠必殺裴樞輩六七人無後

唐祚姻說話者謂唐之正譜牒興之俱衰蓋積家成族積族而成國與天下理國然如晚近譜系競進惟以勢利之盛衰為門族之高下而流品之究濫以極求如六

代且不可得至於外力侵入之何所
底止矣因序之以質於太守而
寄吾慨焉光緒三十四年戊申
秋九月浙東湯壽潛

烏拉成氏族譜敘

古今人民進化之階其主義無不由家族國家推衍而至世界自近及遠由狹而廣勢之所趨其固然矣尚書明德以親九族管子服度

張序

一二

以固六親周禮掌邦族以專官歐人演民族之學說綜是以觀又可得類族与得民之微意爲吉林烏拉成氏自春秋以降代有聞人其由明至國朝世系族望之原

委詳於多君竹山所示綏化太守之譜錄大幽燕齊晉族姓之例至國初而一變其時從龍之眷卒隸漢軍以名為氏南方之人視同滿洲亟進而致之則勳門

二一

鼎閥往往各有漢姓近世益彰矣蓋亦時會使然也中國幅貟之廣人民民繁著於五洲而官書所錄戶口口數乃不可信近今甲督各行省清查戶籍並奉

二一

行不實編制無方或僅愈於湯不檢他而已夫多數之族姓少數之族姓所分也法之百姓誠能各譜其宗使有匯歸之樞紐則調查者無同姓複查之擾編計者有

分門統計之便詎非編制之助乎然則各修族譜即無異分編國籍成氏於吉林昌之殊可崇尚世界大勢國家強弱視民族之強弱為差西人恒言有家族思想

而後有邦國思想敬宗修譜固愛
族〻一端多君才行卓犖善承
先志其必能以愛族者進而愛
國可知因其請述國與族之關
系而為之敘

宣統二年九月通州張謇

四一

烏拉成氏族譜敘

族之有譜所以重宗派聯孝思也人各有族即族各嘗有譜宗法之設也將使億萬姓之子孫宗族如木之條達以直根本枝葉以類比坿極萬木濃陰枝柯交縈而森然各當大之

程序

可以為棟梁小之亦可以自遂其生此先王之大經大法所謂人人親其親長其長而天下平者此也方今聖天子以孝治天下並詔開禮學館以編輯喪葬祭祀之禮經始

億萬姓之各親其親即各譜其族合小宗大宗以肇同民族於苞桑者蓋不外是矣戊申初夏余乞病歸省亦將以其暇擴
聖人敎孝之治成吾族先世未竟之心重脩族譜將行多君竹山以其族譜將成請序

於余余不文惟深深知其脩譜之事先得我心之同然遂喜而為之敘

光緒三十有四年四月既望

雲陽程德全敘於龍沙節署

序

成氏系出上谷周文王第五子郕武姝之後子孫以國爲氏其後爲楚所併遂去邑以成爲姓春秋時有成得臣西漢有高士成翊世東漢有南陽太守成縉魏晋

朱序

而下代有聞人至明則嘉靖朝有成文官
都御史崇禎初有成基命官禮部尚書
文淵閣大學士卒謚文穆追煤山禍作則
兵部郎中成德全家殉國尤以忠義著稱
國朝順治中文穆之子克鞏位至少傅王

文貞公青箱堂集中有送少傅成相國引疾歸田序蓋其時成氏多由晉入燕並歸旗籍康熙中允以八旗人實邊之請於是吉林屬始有成姓云光緒壬午以增奉命視學 盛京按試吉林以選拔得成君多

祿溫文爾雅學有淵源榜後來謁知其先
實出太原猶未暇詢其家世也越戊申秋
君以綏化府知府游歷至蘇造廬請見故
人久濶重敘舊歡既乃出其贈公所撰家諜
請作弁言余以年老不文謝之則再三請迺

讀而按其例言曰恩榮尊天章也曰支派別宗屬也曰遷徙懷故土也曰墳墓謹祭埽也曰祭田昭永守也曰藝文重手澤也方贈公之創是譜也在光緒庚辰去今已三十年去遷吉之時二百餘年其間天運變更人事代謝

有非常理所能推測者斷自岐山公始則信而有徵矣約後人以重修之期定在辰年而於遷吉以前不敢別有攀附者蓋恐蹈祟韜誤拜之譏也是譜可謂有體矣君今者仰承先志鏤版以永其傳庶幾功業益顯聲望益

隆凡從前成氏之垂於史冊者至此可更昭光

大矣於其請也爰書此以勗之

光緒三十有四年十月之望新陽朱以增時年七十有四

成氏族譜序

隋唐以前家重門望有一命之榮者大宰皆遠引往牒牽合以成于一家而九族至親或不及其詳隋唐書所載豈其然邪自是以来或家傳家紀家乘

張序

世傳族譜詠世德而誦清芬爲法爲守肇揚先烈斯則孝子慈孫之用心而邦國之志所未備者上藉呂考鏡爲譜系之學大昌于是乎家有其書矣吉林烏拉成氏其源出于晉我

朝龍興入燕隸漢軍籍迨康熙朝吕八旗實邊是爲吉林成氏始遷祖乾嘉吕後代有武功顧其名不著光緒三十有一年朝墉游黑龍江道經綏化聞知府多禄竹山先生吕經術飾吏

治廉能之聲出乎民舍予驚
且異焉厥後比鄰而居過從
少密于其家世特詳適竹山
尊人中憲公所脩族譜告成
授予而讀則親疏族墳墓序
昏姻有要有倫可徵可信斷

自岐山公前者弗録何其慎也今世界海禁大開濱海民人与它國互相入籍者時有所聞聚族之家支庶繁衍且出鄉播徙靡所定後此一本之親或分或合或聚或散誠不可

以逢睹成氏之急急于家乘
者豈無意哉豈無意哉
宣統元年八月辛酉
夔門張朝墉謹序

吉林成氏族譜叙

將欲統地姓之紛紜合為一羣使之有所範圍而不至渙散曰恃乎恃有國而已將欲合一國之族姓聯為同氣使之有所繫屬而不至

宋序

乘雖曰恃乎恃有家而已國有
史以登萬民之戶籍而古今上
下治亂興亡之政偕汙隆之故於氏
覘焉家有乘以記一姓之宗支
而親疏長幼生殖蕃耗賢愚

褒貶之端於此考焉夫古之家
乘即今之族譜合家以成族積
族以成國族之所關於國者大即
譜之所係於族者重國有史族
又烏得無譜哉此古人宗法之

制所為立也吾吉僻處東陲文
化晚進
國初滿洲世族又競尚武功故譜
牒之學闕焉弗講比者世變
日急外力寖迫鶩新之士羣

思破家族主義趨軍國主義冀以圖強弭亂救亡爭存用心非不善也而不知吾中國人心之渙已幾幾不可收拾幸未至於潰決者以古先聖王孝弟敦睦

之道如千年瀹浹綿延雖日漸陵遲而入之浸習之久當未盡滅有以維繫之也今乃不揣其本欲併氏而去之而所謂軍國主義者又鹵莽叫囂不足以固

結習情持是道也多致人心愈渙無益於國強爭存亡以促其亂此而已劉吉林自入國朝以來始漸招徠生聚涵濡於古先聖王教澤者淺稍一破

壞其患尤有不可勝言者矣友
附山心存憂之思有以挽回世運
而風氣所行非口舌可爭因取其
先德所爲族譜纂述刊印分
授族人使皆知祖宗基業之所

由立族姓繁衍之所自来与夫二百年國家豢養得以食毛踐土聚族而居之所以互替用能相親相睦相收相卹始則行於一家繼則推之一鄉久且化之一國庶幾

民德為厚本固邦富合衆志
以成城与列强而並時肩於茲
乎基之也書成徵敘於余余以
竹山所見大而用心遠乃撮其
要書而為之至成民詩姓之

由遷居之始以及作譜之意
贈公自叙暨程朱兩叙言之詳
矣不復贅權鎮呼倫貝爾副都
統學部二等諮議官花翎二品
銜存記道宋小濂叙

宣统元年四月朔日

吉林成氏族譜序

中華立國亙東西南朔面積四千二百餘萬方里神州赤縣青塍繡壤毗連交錯其間圓顱方趾熙來攘往羣萃而州處者罔非神農黃帝之苗裔也何為獨譜於成氏曰一姓者家國天下之所積也漢聊氏纂萬姓譜晉賈弼王宏南北朝王僧孺之徒各

徐序

有百家譜，譜系之學由來尚矣。隋唐以前，歷代設圖譜局，掌以郎令史，領以宰相，官有簿狀，以備選舉，家有譜系，以通婚姻，所以明貴賤，辨等威也。五季以降，取士不問家世，婚姻不問閥閱，於是譜系亡而品類襍。洎乎賜姓、出宗、避諱、避仇之例起，世系紛如亂絲矣。吉林成氏系出於周，閱世較遠，當時譜系之書歷五季宋既散佚而失其傳則上谷之統緒日久愈無所徵信成中憲公慨然憂之以為士君子讀書稽古不能大得志於天下使凡得姓受氏者了了鑒別其流品為名教新激揚之用而無身之所自出者亦略焉不詳得無數典而忘祖乎於是修訂族譜而纔自遷鳥之岐山至原籍之居

晉洪洞寄籍於河南確山者括爾焉後世則
書名書字書死書生所以重宗派篤一本也嗚
呼可謂得蘇明允譜爲親作親盡不及之義
者矣支宇宙芸芸四百兆衆同出於神農黃
帝之苗裔固也然吾國閉關自守之年墜
命之民當有其人今若海禁大開異族通進係
矣有於金元之裔改漢姓苗蠻之族登仕版

若任其遷流伊於胡底設一家之圖譜成之
舉國歧之今之知收族之意則舉世皆將恥
為外人之奴隸恥為外人之牛馬未始不可收
係種係散之歧霖生也晚不獲追隨
中丞之杖履而其修譜一事適成於祝
山太守之手祝山
中丞之喆嗣也與霖少同學長同遊又同譜

深喜其譜之已成得繼志述事之大故不揣
譾陋而為之序
宣統紀元仲春月吉林徐鼐霖

吉林成氏族譜序

我成吕封受氏累世為晋人居太原之洪洞遂官河南遂遷確山家焉舊譜原注如此

國朝龍興歸京師隸漢軍籍其

自序

時尚武勘紀載故名字軼無可攷

康熙中呂閭呂東多甌脫地擬以

八旗人實邊大臣上其議

詔可二十四年吾祖遂遷于烏烏拉

在吉林東北距城七十里

吉林之有成氏自此始即

譜所稱 岐公也窮荒瘠苦呂畊以食至 名玉公始仕于鄉捷七品冠帶屢遷城北其塔木即今里也盛京通志有其塔木河即其地咸同之交鄂中軍興事征調八世祥保桂保與

為積功擢花翎藍翎四五品校尉各有差故事凡採珠人烏拉旗人專司採珠等事從軍者撥一甲輙擡旗遷協領兵籍至是亦如之此又為撥旗之始泰不才不能揚我祖德且與

時忤淪落一官旋起旋躓行年
七十猶碌　無所表見為可悲耳
會休沐族人呂脩譜為請余老
矣于譜例素未深究〻準爾探脈
無當也因與族人約先作譜系一

圖名某字某則書娶某氏則書
有生則書有死則書俾支系瞭
然婦孺可曉戚之族長家每歲
清明俱集于此循、執子弟禮
聽老輩道古今忠孝可泣可歌

事吕為澶則遇辰年輒賡續
而新之圖既成迺合族置酒而
祝曰江如帶山如厲族于斯
繩而繼有田有書吾奮吾力
履蹈忠孝勿隊先志顧我族

人其共知此義祝畢而退用
書其顛末于右光緒庚辰清
明日六世榮泰謹序

宣統紀元己酉四月

吉林成氏家譜

宋小濂敬題

總目

成氏家譜

世系篇第一

成氏家譜

史通斷限義判後先傚彼章例斷自始遷若晉若豫渺遠亡傳觥觥關東珠串蟬聯約衡于從名氏駢緐按圖定位釐然井然龍門史灋庶乎近焉譜世系

方氏家譜卷第一

- 士傑
- 士俊
- 士豪
  - 株
    - 可興
      - 祥
      - 平
      - 太
  - 權
  - 楝

一

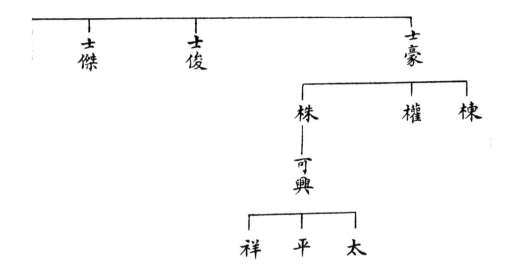

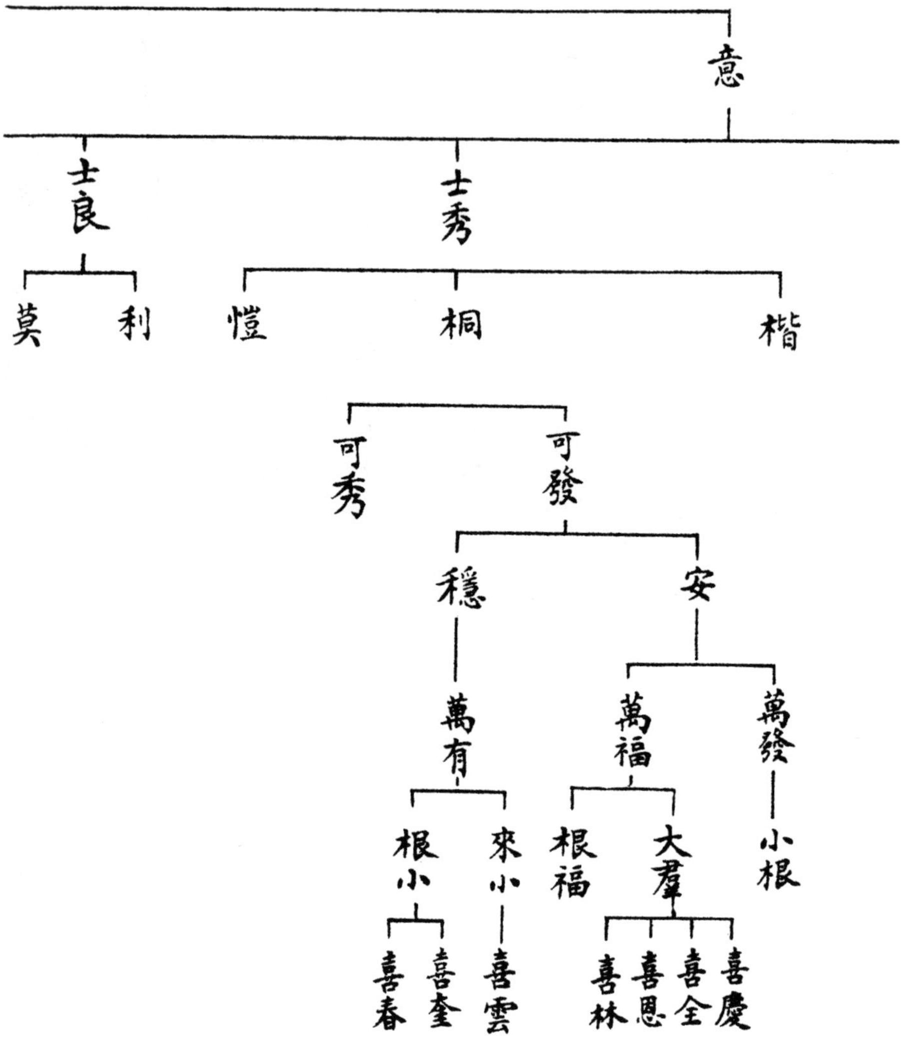
意
士良
士秀
莫
利
愷
桐
楷
可秀
可發
穩
安
萬有
萬福
萬發
根小
來小
根福
大羣
小根
喜春
喜奎
喜雲
喜林
喜恩
喜全
喜慶

- 士雄
  - 柏
  - 松

- 經
  - 可順
  - 可用
    - 玉
      - 開春
        - 舉
    - 元
      - 開福
        - 珂
          - 永昌
      - 開祿
    - 魁
      - 開基
        - 璋

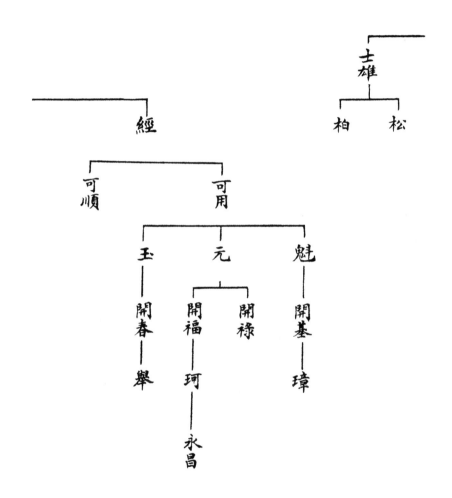

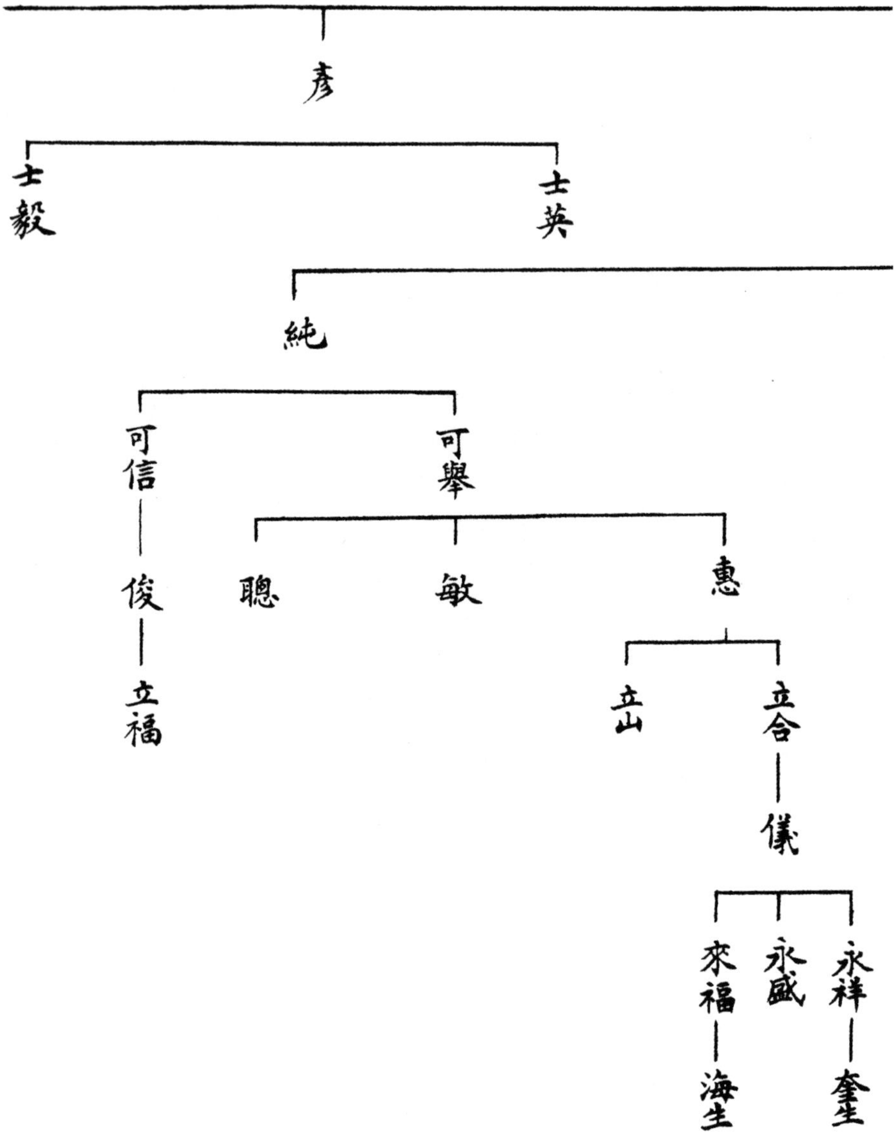
彦
士毅
士英
純
可信
可舉
俊
立福
聰
敏
惠
立山
立合
儀
來福
永盛
永祥
海生
奎生

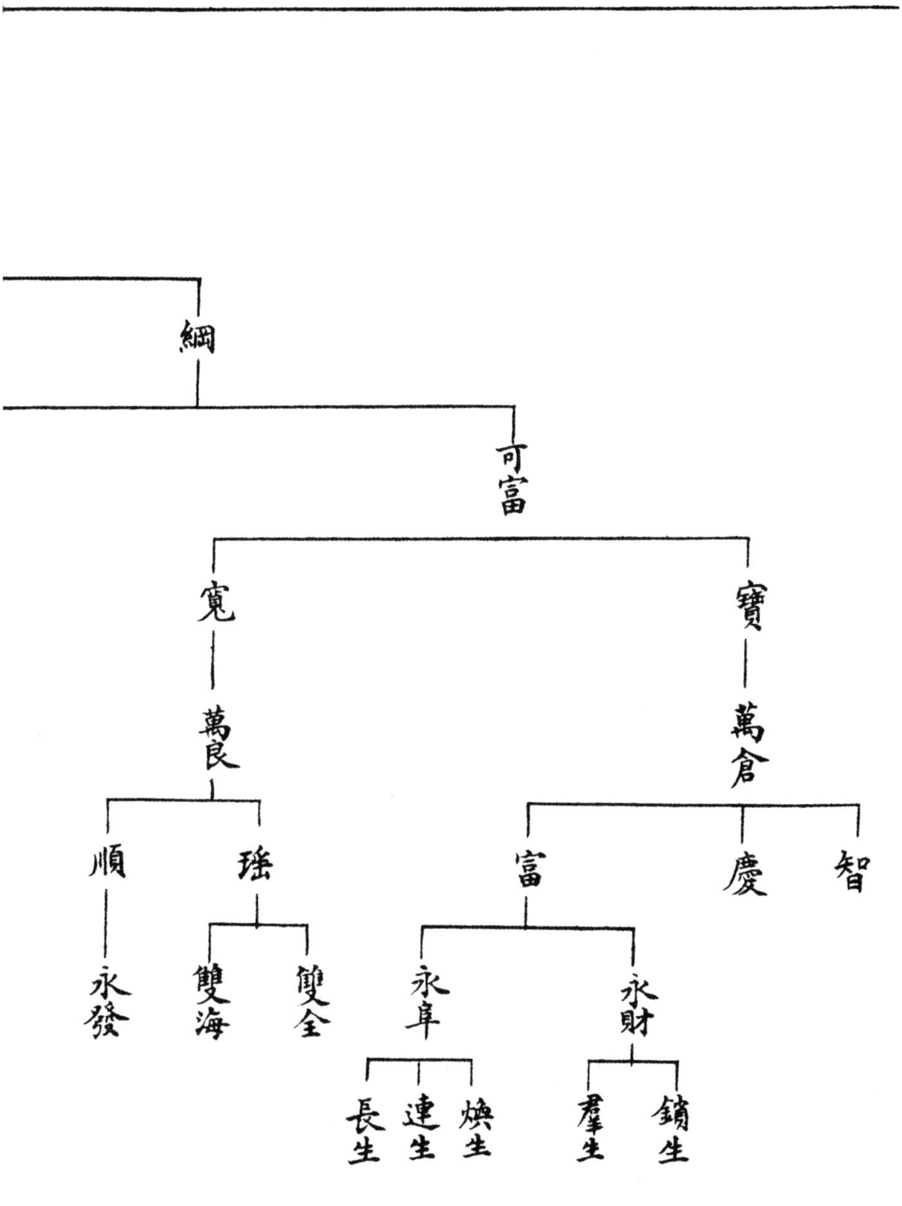
綱
可富
寬
寶
萬良
萬倉
順
瑶
富
慶
智
永發
雙海
雙全
永年
永財
長生
連生
焕生
羣生
鎖生

- 鳳鳴
- 紀
  - 可相
    - 銀
      - 三梁
        - 羣和
        - 雙和
      - 二梁
      - 大梁
        - 金和
  - 可義
    - 美
      - 延齡
        - 小金
          - 長福
        - 保桐
        - 梧桐
          - 長德
            - 奎安
            - 奎祿
    - 秀
- 可花
- 可榮
  - 有

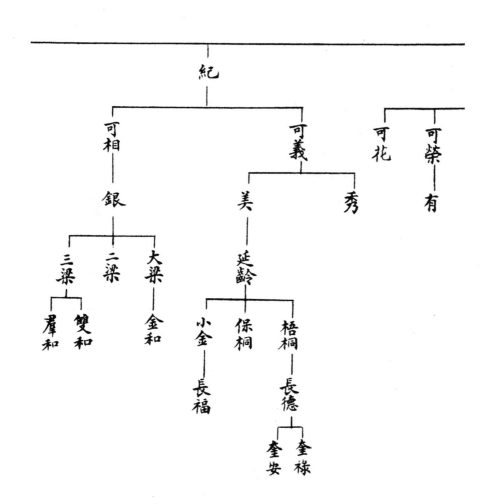

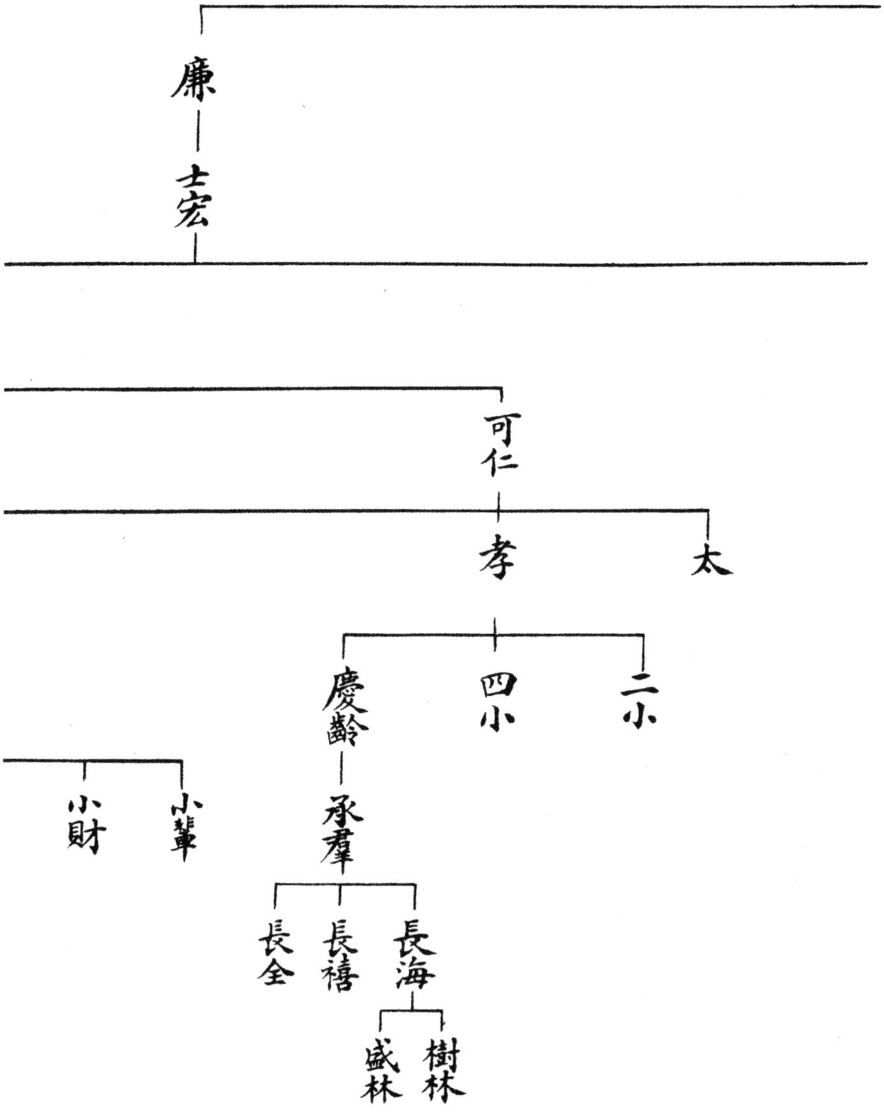
廉
士宏
可仁
孝
太
慶齡
四小
二小
小財
小華
承羣
長全
長禧
長海
盛林
樹林

四

- 維

- 喜
  - 廣齡
    - 小有
      - 小柱
    - 小發
      - 永德
        - 長占
      - 羣柱
    - 小昌
      - 大虎
  - 富齡
    - 秋保
- 永
  - 相齡
    - 滿貴
      - 長明
        - 常和
    - 滿庫
      - 喜長
      - 慶長
    - 滿囷
      - 長林

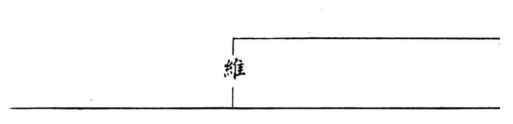

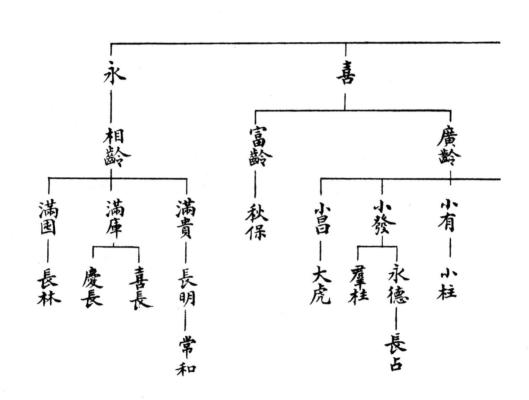

- 可禮
  - 阜
    - 承柱
      - 咬兒
        - 雙虎
        - 來虎
      - 得勝
        - 存虎
    - 福春
      - 保勝
        - 連虎
      - 存勝
        - 常虎
        - 羣虎
- 文齡
  - 卿保
    - 永順
      - 吉昌
        - 奎霖
    - 永亮
      - 桂昌
      - 連昌
    - 永隆
      - 鎖昌
    - 永聚
      - 榮昌
- 祥保
  - 永廉
    - 喜昌
      - 福霖

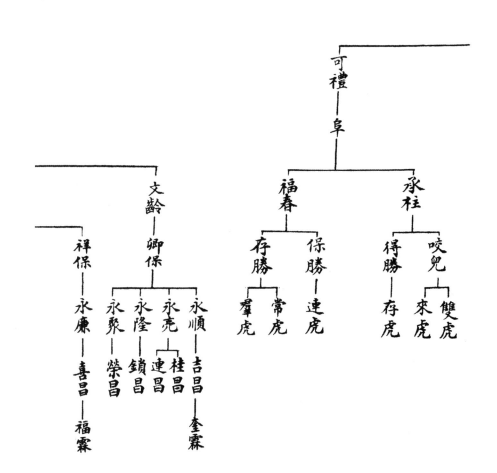

- 可功
  - 銑
    - 德齡
      - 善保
        - 永春
          - 恩昌
            - 慶霖
            - 景霖
          - 毓昌
          - 滿昌
        - 永林
          - 萬昌
          - 海昌
          - 根昌
          - 銘昌
          - 連昌
        - 永山
          - 金昌
          - 銀昌
          - 富昌
          - 延昌
          - 萃昌
      - 瑞保
        - 永吉
          - 德昌
            - 金霖
          - 壽昌
          - 祿昌
            - 玉霖
          - 會昌
        - 永福
          - 太昌
        - 永才
          - 景昌
        - 永來
          - 鳳昌
          - 印昌

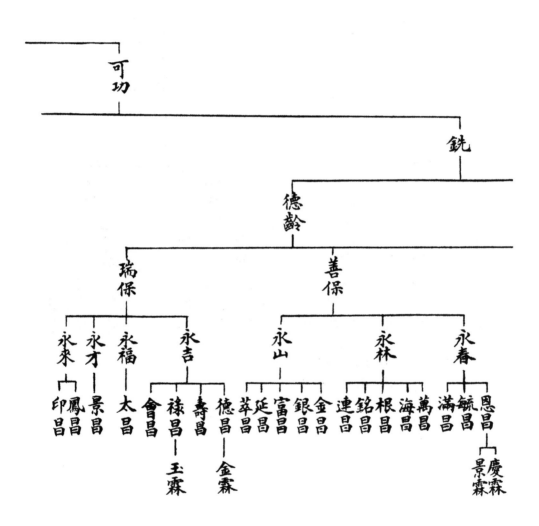

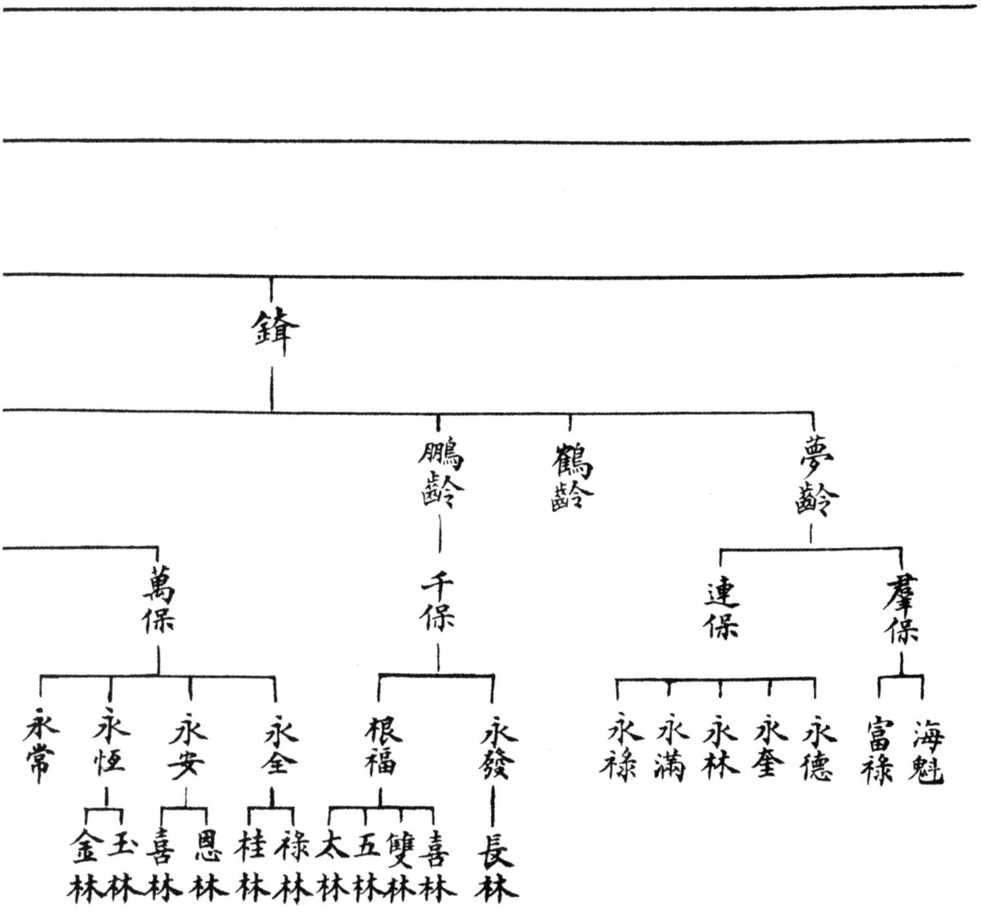

鋒
鵬齡
鶴齡
夢齡
萬保
千保
連保
羣保
永常
永恆
永安
永全
根福
永發
永祿
永滿
永林
永奎
永德
富祿
海魁
金林
玉林
喜林
恩林
桂林
祿林
太林
五林
雙林
喜林
長林

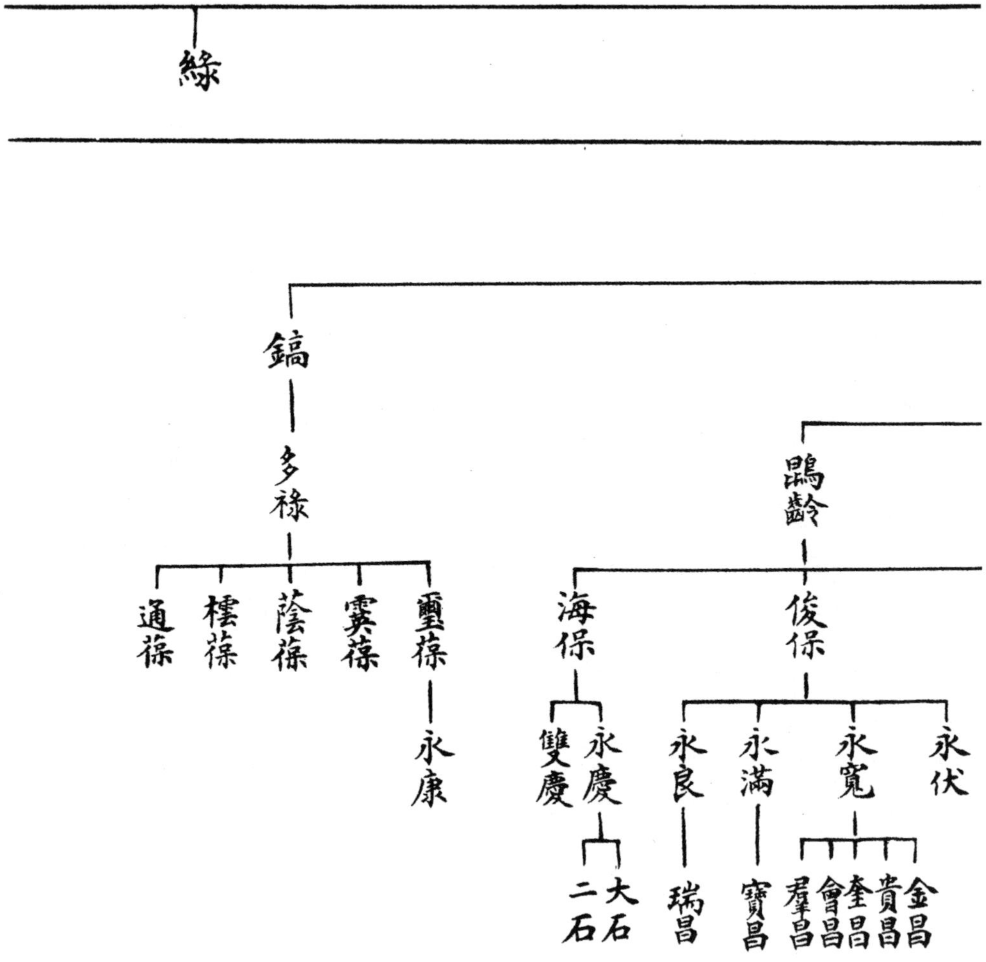
綠
鎬
多祿
通祿
橒祿
蔭祿
霬祿
璽祿
永康
鶡齡
海保
俊保
雙慶
永慶
大石
二石
永良
永滿
永寬
永伏
瑞昌
寶昌
羣昌
會昌
奎昌
貴昌
金昌

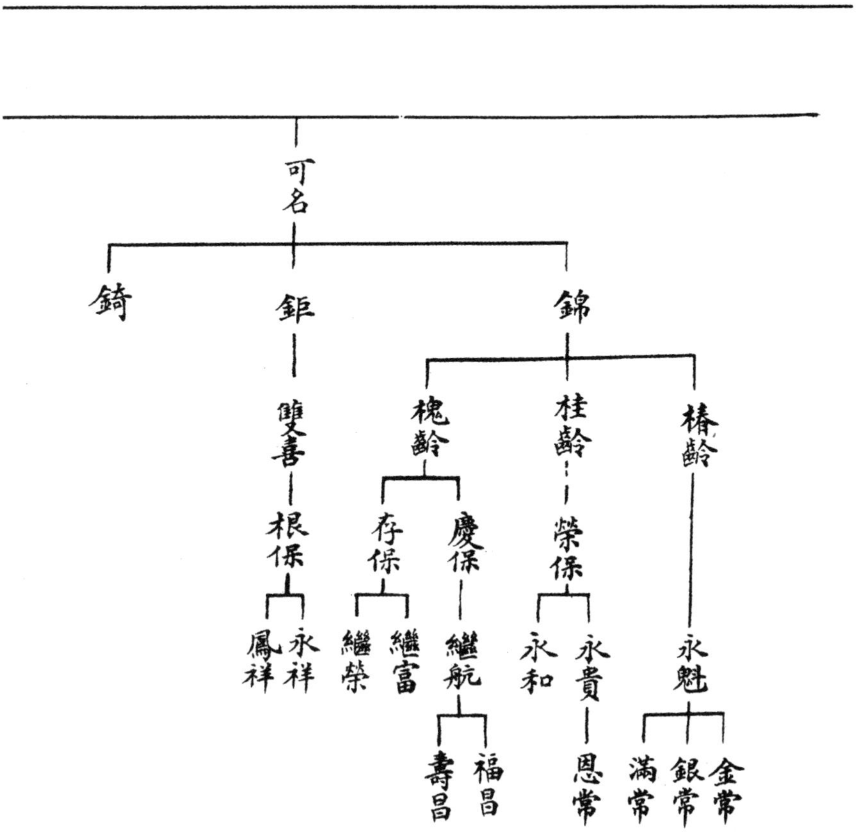

七

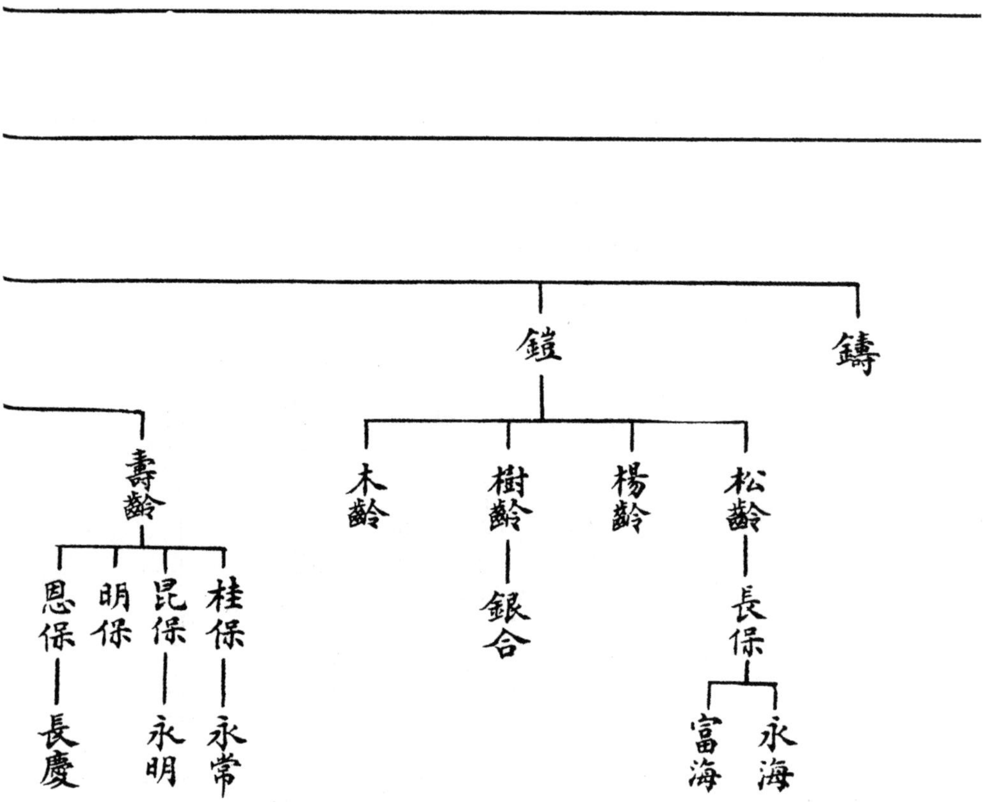
鎧
鑄
壽齡
木齡
樹齡
楊齡
松齡
恩保
明保
昆保
桂保
銀合
長保
長慶
永明
永常
富海
永海

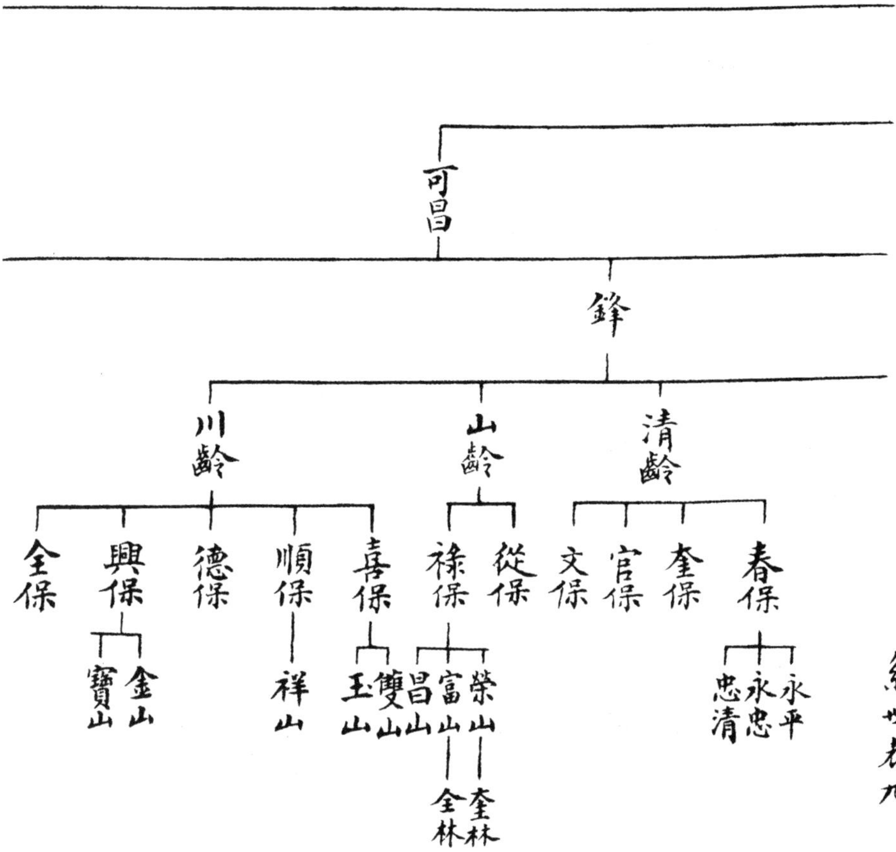
可昌
鋒
川齡
山齡
清齡
全保
興保
德保
順保
喜保
祿保
從保
文保
官保
奎保
春保
金山
寶山
祥山
雙山
玉山
榮山
富山
昌山
永平
永忠
忠清
奎林
全林

系世表九

八

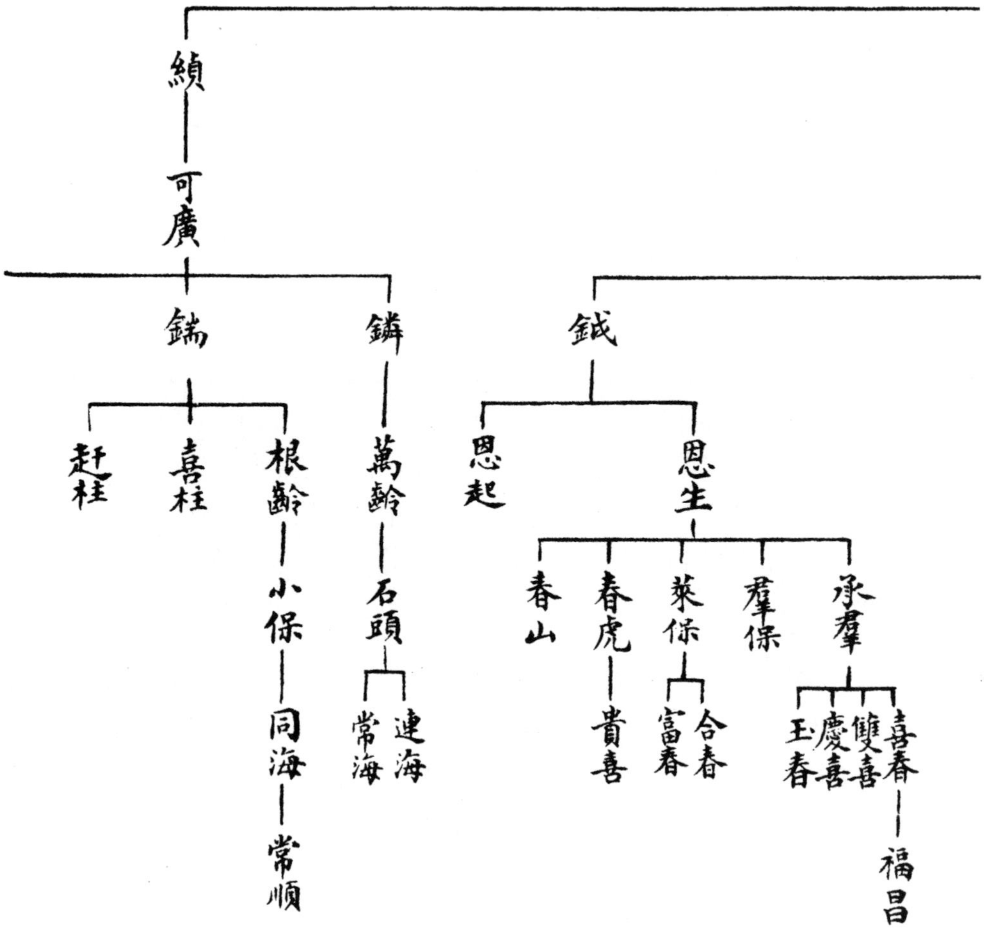
績
可廣
鍴
鏻
鋮
赶柱
喜柱
根齡
萬齡
恩起
恩生
小保
石頭
春山
春虎
萊保
羣保
承羣
同海
常海
連海
貴喜
富春
合春
玉春
慶喜
雙喜
喜春
常順
福昌

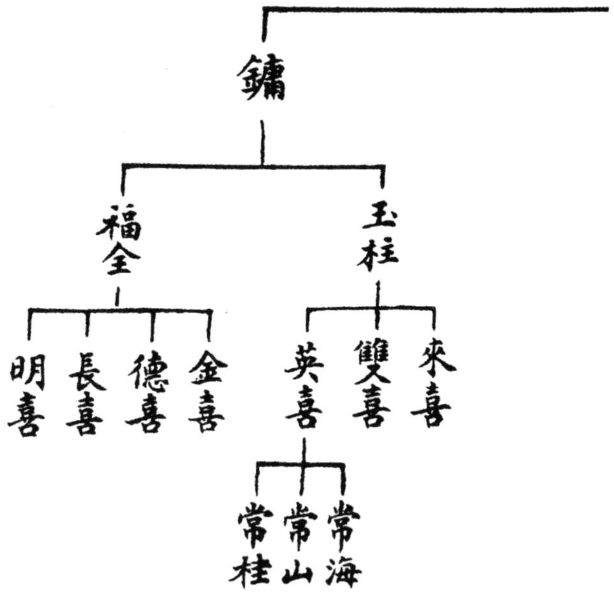

九

吉林成氏家譜卷第一

支派篇第二

成氏家譜

於穆寢廟為穆為昭班班秩序不愆不紊參天嘉栗
一本千條溯厥鼻祖依然同胞兵甲滿地風雨飄搖
言念宗支憂心孔忉大哉祖德百世不祧譜支派

表一

始遷祖

鳳鳴

字岐山康熙二十四年由京旗撥歸烏拉居城北薩哩巴屯以耕為業生於康熙□□年十一月二十七

長支二世

意

行一生於□□年□月□日卒於□□年□月□日葬於其塔木弟三塋元配周夫人卒於□年□月

長支三世

士豪

行一生於□□年□月□日卒於□□年□月□日葬於其塔木東弟八塋元配孔夫人卒於□年□月

長支四世

棟

行一生於□□年□月□日卒於□□年□月□日葬於其塔木東弟八塋

權

長支五世

長支二世
長支三世
長支四世
長支五世

日午時卒於
康熙□□年
十二月初四
日午時葬於
薩哩巴屯東
北第一塋
元配周夫人卒
於□年□月
□日
繼配馮夫人卒
於□年□月
□日俱同

□日同
意公合葬
子六
長士豪公次
士俊公次士
傑公次士秀
公次士良公
次士雄公

□日同
士豪公合葬
子三
長棟公次權
公次株公

株

行二生於□
□年□月□
日卒於□□
年□月□日
葬於其塔木
第八塋
行三生於□
□年□月□
日卒於□□
年□月□日

可興

生於□□年
□月□日卒
於□□年□
月□日葬於

表二

岐山公合葬
子三
長意公次彥
公次廉公

長支二世

長支三世

士俊
行二生於□
□年□月□
日卒於□□

長支四世

葬於其塔木
第八塋
元配楊夫人卒
於□年□月
□日同
株公合葬
子可興公

長支五世

其塔木第八
塋
元配孫夫人卒
於□年□月
□日同
可興公合葬
子三
長太公次平
公次祥公

年□月□日
葬於其塔木
東第八塋

士傑

行三生於□
□年□月□
日卒於□□
年□月□日
葬於其塔木
東第八塋

表三

長支二世

長支三世

士秀

行四生於□□年□月□日卒於□□年□月□日葬於其塔木東弟八塋

元配王夫人卒於□年□月□日同士秀公合葬

長支四世

楷

行一生於□□年□月□日卒於□□年□月□日葬於其塔木東弟八塋

桐

行二生於□□年□月□

長支五世

可發

行一生於□□年□月□

子三
長楷公次桐
公次愷公

日卒於□□
年□月□日
葬於其塔木
東第八塋
元配陳夫人卒
於□年□月
□日同
桐公合葬
子二
長可發公次
可秀公

日卒於□□
年□月□日
葬於其塔木
東第八塋
元配楊夫人卒
於□年□月
□日同
可發公合葬
子二
長安公次穩
公

表四

長支二世

長支三世

長支四世

愷

行三生於□□年□月□日卒於□□

長支五世

可秀

行二生於□□年□月□日卒於□□年□月□日葬於□處

士良
行五生於□
□年□月□
日卒於□□
年□月□日
葬於其塔木
東弟三塋
元配董夫人卒
於□年□月

年□月□日
葬於□處

利
行一生於□
□年□月□
日卒於□□
年□月□日
葬於其塔木
東弟三塋

莫

表五

長支二世

長支三世

□日同士良公合葬子二長利公次莫公

士雄

行六生於□□年□月□日卒於□□年□月□日葬於其塔木

長支四世

行二生於□□年□月□日卒於□□年□月□日葬於□處

松

行一生於□□年□月□日卒於□□年□月□日葬於□處

長支五世

東第三塋
元配王夫人卒
於□年□月
□日同
士雄公合葬
子二
長松公次柏
公

柏
行二生於□
□年□月□
日卒於□□
年□月□日
葬於□處

表六

長支六世	太 行一 可興公子生於□□年□月□日卒於□□年□月□日葬於□處 元配石夫人卒於□年□月
長支七世	
長支八世	
長支九世	
長支十世	

長支六世
長支七世
長支八世
長支九世
長支十世

□日葬於□
處

平

行二
可興公子生於
□□年□月
□日卒於□
□年□月□
日葬於□處

祥

表七

長支六世

行三
可興公子生於
□□年□月
□日卒於□
□年□月□
日葬於□處

安
行一
可發公子生於
□□年□月
□日卒於□

長支七世

萬發
行一生於□
□年□月□
日卒於□□
年□月□日

長支八世

小根
萬福次子繼
萬發爲嗣同
治八年五月
初三日巳時

長支九世

長支十世

□年□月□
日葬於其塔
木東弟八塋
元配陳夫人卒
於□年□月
□日同
安公合葬
子二
長萬發次萬
福

葬於其塔木
東弟八塋
元配嚴氏卒於
□年□月□
日同萬發合
葬
無子以弟萬
福子小根嗣

萬福 又名三創
行二生於□
□年□月□
生

大羣
行一同治六
年四月初六

喜慶
行一光緒二
十一年十月

表八

長支六世

長支七世

日卒於□□年□月□日葬於其塔木第八塋元配杜氏卒於□年□月□日同萬福合葬子三長大羣次小根出繼次根福

長支八世

日寅時生元配朱氏子四長喜慶次喜全次喜恩次喜林

長支九世

二十日亥時生

喜全

行二光緒二十四年十一月初八日戌時生

喜恩

行三光緒二十九年二月

長支十世

根福

行三□□年□月□日生

初一日戌時生

喜林

行四光緒三十一年十月初四日戌時生

表九

長支六世

穩
行二
可發公子生於
□□年□月
□日卒於□
□年□月□
日葬於其塔
木東弟八塋
元配楊夫人卒
於□年□月
□日

長支七世

萬有
生於□□年
□月□日卒
於□□年□
月□日葬於
其塔木東弟
八塋
元配陳氏
子二
長來小次根
小

長支八世

來小
行一同治十
三年正月二
十四日巳時
生
元配王氏卒於
□年□月□
日葬於□處
子喜雲

根小

長支九世

喜雲
光緒二十七
年十一月二
十六日丑時
生

喜奎

長支十世

繼配趙夫人卒於□年□月□日俱同
穩公合葬
子萬有
趙夫人出

行二光緒二年十月二十日未時生
元配石氏
子二
長喜奎次喜春

喜春
行一光緒二十八年九月二十六日巳時生
行二光緒三十一年三月初三日申時生

始遷祖		
二支二世	彦　行二生於□□年□月□日卒於□□年□月□日葬於其塔木第十五塋　元配楊夫人卒於□年□月	二支二世
二支三世	士英　行一生於□□年□月□日卒於□□年□月□日葬於其塔木第十五塋　元配王夫人卒於□年□月	二支三世
二支四世	經　行一生於□年□月□日卒於□□年□月□日葬於其塔木第十五塋　元配張夫人卒於□年□月	二支四世
二支五世	可用　行一生於□□年□月□日卒於□□年□月□日葬於其塔木第十五塋　元配王夫人卒於□年□月	二支五世

□日同
彥公合葬
子二
長士英公次
士毅公

□日同
士英公合葬
子二
長經公次純
公

□日同
經公合葬
子二
長可用公次
可順公

□日
繼配江夫人卒
於□年□月
□日俱同
可用公合葬
子三
長魁公次元
公次玉公

可順

行二生於□
□年□月□

表十一

二支二世

二支三世

二支四世

純

行二生於□

二支五世

日卒於□□年□月□日葬於其塔木第十五塋元配張夫人卒於□年□月□日同可順公合葬無嗣

可舉

行一生於□

□年□月□
日卒於□□
年□月□日
葬於其塔木
第十五塋
元配董夫人卒
於□年□月
□日
繼配鄭夫人卒
於□年□月
□日俱同
純公合葬

□年□月□
日卒於□□
年□月□日
葬於其塔木
第十五塋
元配陳夫人卒
於□年□月
□日
繼配張夫人卒
於□年□月
□日俱同
可舉公合葬

表十二

二支二世

二支三世

二支四世

子二長可舉公次可信公

二支五世

子三長惠公次敏公次聰公

可信

行二生於□□年□月□日卒於□□年□月□日葬於其塔木弟十五塋元配姜夫人卒

士毅

行二生於□□年□月□日卒於□□年□月□日葬於□處

於□年□月□日同可信公合葬子俊公

表十三

二支六世

魁

行一

可用公子生於□□年□月□日卒於□□年□月□日葬於其塔木第十五塋

元配王夫人卒

二支七世

開基

生於□□年□月□日卒於□□年□月□日葬於其塔木第十五塋

元配張氏卒於□年□月□

二支八世

璋

生於□□年□月□日卒於□□年□月□日葬於其塔木第十五塋

元配張氏卒於□年□月□

二支九世

二支十世

二支六世
二支七世
二支八世
二支九世
二支十世

於□年□月
□日同
魁公合葬
子開基

元

行二
可用公子生於
□□年□月
□日卒於□
□年□月□
日葬於其塔

日同開基合
葬
子璋

開祿

行一生於□
□年□月□
日卒於□□
年□月□日
葬於□處
元配于氏卒於

日同璋合葬

表十四

二支六世	木第十一塋元配張夫人卒於□年□月□日同元公合葬子二長開祿次開福
二支七世	□年□月□日葬於□處 **開福** 行二生於□□年□月□日卒於□□年□月□日葬於其塔木第十五塋元配王氏卒於□年□月□
二支八世	**珂** 生於□□年□月□日卒於□□年□月□日葬於其塔木第十一塋元配□氏卒於□年□月□
二支九世	**永昌** 同治□□年□月□日生
二支十世	

玉
行三
可用公子生於□□年□月□日卒於□□年□月□日葬於其塔木第十五塋

日同開福合葬
子珂

開春
生於□□年□月□日卒於□□年□月□日葬於其塔木第十五塋
元配劉氏卒於

日葬於□處
子永昌

舉
生於□□年□月□日卒於□□年□月□日葬於其塔木東弟十一塋
元配董氏卒於

元配吳夫人卒
於□年□月
□日
繼配李夫人卒
於□年□月
□日俱同
玉公合葬
子開春

惠

行一
可舉公子生於

二支六世

□年□月□
日同開春合
葬
子舉

立合

行一生於□
□年□月□

二支七世

□年□月□
日同舉合葬

儀

生於道光十
七年十二月

二支八世

永祥

行一咸豐九
年六月初三

二支九世

奎生

光緒二十七
年七月二十

二支十世

□□年□月
□日卒於□
□年□月□
日葬於其塔
木東第十塋
元配張夫人卒
於□年□月
□日同
惠公合葬
子二
長立合次立
山

日卒於□□
年□月□日
葬於其塔木
東第十塋
元配舒氏卒於
□年□月□
日同立合合
葬
子儀

二十七日寅
時卒於光緒
九年五月二
十九日寅時
葬於其塔木
東第十塋
元配江氏卒於
光緒九年九
月二十二日
酉時與儀合
葬
子三

日巳時生
元配王氏
子奎生

永盛
行二同治元
年三月二十
五日酉時生
元配王氏

來福
行三同治九

三日酉時生

海生
光緒十九年

表十六

世系	内容
二支六世	
二支七世	立山 行二生於□□年□月□
二支八世	長永祥次永盛次來福
二支九世	年十二月二十一日戌時生 元配郭氏卒於□年□月□日葬於□處 繼配孫氏 子海生
二支十世	十月初一日丑時生 元配徐氏

敏

行二
可舉公子生於
□□年□月
□日卒於□

日卒於□□
年□月□日
葬於□處
元配嚴氏卒於
□年□月□
日葬於□處

	二支六世	二支七世	二支八世	二支九世	二支十世
	□年□月□日葬於其塔木東第十一塋 元配石夫人卒於□年□月□日 繼配佟夫人卒於□年□月□日俱同敏公合葬				

表十七

聰

行三

可舉公子生於□□年□月□日卒於□年□月□日葬於□處

俊

可信公子生於□□年□月

立福

生於□□年□月□日卒

表十八

世次	
二支六世	□日卒於□□年□月□日葬於其塔木第十五塋 元配楊夫人卒於□年□月□日同 俊公合葬 子立福
二支七世	於□□年□月□日葬於其塔木東第十一塋
二支八世	
二支九世	
二支十世	

表十九

始遷祖

三支二世

廉

行三生於□
□年□月□
日卒於□□
年□月□日
葬於薩哩巴
屯東北第一
塋
元配黃夫人卒

三支二世

三支三世

士宏

字諒公生於
□□年□月
□日卒於□
□年□月□
日葬於其塔
木東第六塋
元配楊夫人卒
於□年□月

三支三世

三支四世

綱

行一字總文
生於□□年
□月□日卒
於□□年□
月□日葬於
其塔木東第
六塋
元配江夫人卒

三支四世

三支五世

可富

行一生於□
□年□月□
日卒於□□
年□月□日
葬於其塔木
東第六塋
元配張夫人卒
於□年□月

三支五世

於□年□月
□日同
廉公合葬
子士宏公

□日同
諒公公合葬
子五
長綱公次紀
公次維公次
緣公次績公

於□年□月
□日
繼配胡夫人卒
於□年□月
□日俱同
總文公合葬
子三
長可富公次
可榮公次可
花公

□日同
可富公合葬
子二
長寶公次寬
公

可榮

行二生於□
□年□月□
日卒於□□
年□月□日
葬於其塔木

表二十

三支二世

三支三世

三支四世

三支五世

東第六塋
元配張夫人卒
於□年□月
□日同
可榮公合葬
子有公

可花

行三生於□
□年□月□
日卒於□□
年□月□日

紀
行二字永年
生於□□年
□月□日卒
於□□年□
月□日葬於
其塔木弟六
塋
元配楊夫人卒

葬於□處
無嗣
可義
行一生於□
□年□月□
日卒於□□
年□月□日
葬於其塔木
東弟六塋
元配李夫人卒
於□年□月

三支二世

三支三世

三支四世

於□年□月
□日
繼配吳夫人石
夫人卒於□
年□月□日
俱同
永年公合葬
子二
長可義公次
可相公

三支五世

□日同
可義公合葬
子二
長秀公次美
公

可相

行二生於□
□年□月□
日卒於□□
年□月□日
葬於其塔木

西北第十二
塋
元配嚴夫人卒
於□年□月
□日
繼配張夫人卒
於□年□月
□日俱同
可相公合葬
子銀公
維
可仁

表二十二

三支二世	
三支三世	
三支四世	行三字方約生於□□年□月□日卒於□□年□月□日葬於其塔木東第六塋元配楊夫人卒於□年□月□日同方約公合葬子二
三支五世	行一生於□□年□月□日卒於□□年□月□日葬於其塔木西北大富堡第二十一塋元配王夫人卒於□年□月□日同可仁公合葬子四

長可仁公次
可禮公

長太公次孝
公次喜公次
永公

可禮

行二生於□
□年□月□
日卒於□□
年□月□日
葬於□處
元配嚴夫人卒
於□年□月

三支二世

三支三世

三支四世

綵

行四字名玉
始歸烏拉充
差循循禮義
有儒者風遠
邇服其家教
焉生於□□
年□月□日

三支五世

□日葬於□
處
子阜公

可功 又諱薩東阿

行一烏拉總
管衙門委官
贈武略騎尉性
伉爽急公義
鄉人化之生
於□□年□
月□日卒於

卒於□□年□月□日葬於其塔木東第五塋元配杜夫人卒於□年□月□日同名玉公合葬子三長可功公次可名公次可昌公

□□年□月□日葬於三叉河北第二十五塋元配楊夫人卒於□年□月□日繼配關夫人卒於同治六年十一月十八日申時俱同騎尉公合葬

三支二世

三支三世

三支四世

三支五世

子三
長明泰公次
錦泰公次保
卿公

可名 又諱恭保
行二字仲元
生於□□年
□月□日卒
於□□年□
月□日葬於
其塔木弟四

瑩
元配杜夫人卒
於□年□月
□日同
可名公合葬
子三
長錦公次鉅
公次錡公

可昌
行三字善邦
生於□□年

表二十五

三支二世

三支三世

三支四世

三支五世

□月□日卒於□□年□月□日葬於其塔木第五塋

元配郜夫人卒於□年□月□日同善邦公合葬

子四

長鑄公次鎧公次鋒公次

績

行五字祥昇
生於□□年
□月□日卒
於□□年□
月□日葬於
其塔木第五
塋
元配楊夫人卒
於□年□月

鉞公

可廣

生於□□年
□月□日卒
於□□年□
月□日葬於
其塔木第五
塋
元配趙夫人卒
於□年□月
□日

三支二世

三支三世

三支四世

□日同
祥昇公合葬
子可廣公

三支五世

繼配張夫人卒
於□年□月
□日俱同
可廣公合葬
子三
長鏻公次鍴
公次鏞公

表二十六

表二十七

三支六世	寶 行一可富公子生於□□年□月□日卒於□□年□月□日葬於其塔木第十九塋元配王夫人卒
三支七世	萬倉 生於□□年□月□日卒於□□年□月□日葬於其塔木第二十塋元配楊氏卒於□年□月□
三支八世	智 行一生於□□年□月□日卒於□□年□月□日葬於其塔木第二十塋元配張氏卒於□年□月□
三支九世	
三支十世	

三支六世
三支七世
三支八世
三支九世
三支十世

於□年□月
□日
繼配韓夫人卒
於□年□月
□日俱同
寶公合葬
子萬倉

日同萬倉合
葬
子三
長智次慶次
德

日同智合葬
無嗣

慶
行二生於□
□年□月□
日卒於□□
年□月□日
葬於其塔木
第二十塋
元配楊氏卒於
□年□月□

三支六世

三支七世

三支八世

日同慶合葬
無嗣
富 又名德承
行三生於□
□年□月□
日卒於□□
年□月□日
葬於其塔木
第二十塋
元配張氏卒於
□年□月□

三支九世

永財
行一同治七
年三月十四
日申時生
元配李氏
子二
長鎖生次羣
生

三支十世

鎖生
行一光緒三
十年六月初
七日申時生

羣生
行二宣統元
年三月十五
日未時生

日同富合葬
子二
長永財次永
阜

永阜
行二同治八
年十二月初
二日戌時生
元配錢氏
子三
長煥生次連
生次長生

煥生
行一光緒二
十四年正月
十五日申時
生

連生
行二光緒二
十五年九月
十六日未時
生

三支六世

寬

行二

可富公子生於

□□年□月

□日卒於□

三支七世

萬良

生於□□年

□月□日卒

於□□年□

月□日葬於

三支八世

瑤

行一生於□

□年□月□

日卒於□□

年□月□日

三支九世

雙全

行一生於□

□年□月□

日卒於□□

年□月□日

三支十世

長生

行三光緒三

十一年二月

十四日辰時

生

□年□月□日葬於其塔木第九塋
元配毛夫人卒於□年□月□日同寬公合葬
子萬良

其塔木第九塋
元配盧氏卒於□年□月□日同萬良合葬
子二
長瑤次順

葬於太平山第十七塋
元配孔氏卒於□年□月□日
繼配劉氏卒於□年□月□日俱同瑤合葬
子二
長雙全次雙海

葬於太平山第十七塋
元配韓氏卒於□年□月□日同雙全合葬
無嗣

雙海
行二生於□□年□月□日卒於□□

三支六世

三支七世

三支八世

順

行二生於□□年□月□□日卒於□□□年□月□日葬於其塔木第九塋

三支九世

年□月□日葬於太平山第十七塋

無嗣

永發

同治十二年六月二十一日未時生

三支十世

表三十

有

可榮公子生於
□□年□月
□日卒於□
□年□月□
日葬於□處
元配高夫人卒

元配□氏卒於
□年□月□
日同順合葬
子永發

於□年□月□日葬於□處
無嗣

秀
行一

可義公子生於□□年□月□日卒於□□年□月□日葬於□處

三支六世

三支七世

三支八世

三支九世

三支十世

表五十一

無嗣

美

行二可義公子生於□□年□月□日卒於□□年□月□日葬於三叉河弟二十七塋元配江夫人卒

延齡

生於□□年□月□日卒於□□年□月□日葬於三叉河弟二十七塋元配趙氏卒於□年□月□日同延齡合

梧桐 又名儉

行一生於□□年□月□日卒於□□年□月□日葬於三叉河弟二十七塋元配王氏卒於□年□月□日同梧桐合

長德

咸豐八年正月初十日巳時生元配王氏子二長奎祿次奎安

奎祿

行一光緒十二年五月二十八日丑時生

奎安

行二光緒二十三年七月初三日丑時

三支六世

於□年□月□日
繼配張夫人卒於□年□月□日俱同
美公合葬
子延齡

三支七世

葬
子三
長梧桐次保桐次傑

三支八世

葬
子長德

保桐

行二生於□□年□月□日卒於□□年□月□日葬於三叉河第二十七塋

傑

又名小金

三支九世

長福

三支十世

生

銀

大梁

金和

行三生於□
□年□月□
日卒於□□
年□月□日
葬於三叉河
第二十七塋
元配趙氏卒於
□年□月□
日同傑合葬
子長福

生於□□年
□月□日卒
於□□年□
月□日葬於
□處

三支六世

可相公子生於□□年□月□日卒於□□年□月□日葬於其塔木第十二塋元配廖夫人卒於□年□月□日同銀公合葬子三長大梁次二

三支七世

行一□□年□月□日生元配嚴氏卒於□年□月□日葬於其塔木第十二塋子金和

二梁 又名多福

行二生於□□年□月□日卒於□□

三支八世

生於□□年□月□日卒於□□年□月□日葬於□處

三支九世

三支十世

表三十三

梁次三梁

年□月□日葬於□處

元配鄒氏卒於□年□月□日葬於□處

無嗣

三梁

行三咸豐二年四月初四日午時生

元配王氏

雙和 又名來保

行一光緒八年十二月初二日酉時生

元配武氏

三支六世	太 行一 可仁公子生於 □□年□月 □日卒於□
三支七世	子二 長雙和次羣 和
三支八世	羣和 行二光緒十 四年三月二 十八日辰時 生
三支九世	
三支十世	

□年□月□
日葬於□處

孝

行二
可仁公子生於
□□年□月
□日卒於□
□年□月□
日葬於其塔
木第十三塋
元配楊夫人卒

二小

行一生於□
□年□月□
日卒於□□
年□月□日
葬於□處

四小

行二生於□

三支六世

於□年□月
□日同
孝公合葬
子三
長二小次四
小次慶齡

三支七世

□年□月□
日卒於□□
年□月□日
葬於□處

慶齡

行三生於□
□年□月□
日卒於□□
年□月□日
葬於其塔木
弟十三瑩

三支八世

承羣

咸豐八年四
月二十九日
午時生
元配楊氏
子三
長長海次長

三支九世

長海

行一光緒十
年五月初十
日巳時生
元配劉氏
子二
長樹林次盛

三支十世

樹林

光緒二十八
年六月十五
日未時生

盛林

光緒三十三

表三十五

元配廖氏卒於
□年□月□
日同慶齡合
葬
子承羣

禧次長全

林
長禧
行二光緒十
四年正月□
日□時生
長全
行三光緒十
九年五月十
四日午時生

年十月十九
日戌時生

三支六世

喜

行三
可仁公子生於
□□年□月
□日卒於□
□年□月□
日葬於其塔
木第二十一
塋
元配李夫人卒
於□年□月

三支七世

廣齡

行一生於□
□年□月□
日卒於□□
年□月□日
葬於其塔木
第二十一塋
元配鄔氏卒於
□年□月□
日同廣齡合
葬

三支八世

小輩

行一生於□
□年□月□
日卒於□□
年□月□日
葬於□處

小財

行二生於□
□年□月□
日卒於□□

三支九世

三支十世

□日
繼配鄔夫人卒
於□年□月
□日俱同
喜公合葬
子二
長廣齡次富
齡

子五
長小葦次小
財次小有次
小發次小昌

年□月□日
葬於其塔木
第二十一塋
元配毛氏卒於
□年□月□
日同小財合
葬
無嗣

小有

行三生於□
□年□月□

小柱

□□年□月
□日生

三支六世

三支七世

三支八世

日卒於□□
年□月□日
葬於其塔木
第二十一塋
元配侯氏卒於
□年□月□
日
子小柱

小發 又名英
行四生於道
光元年□月

三支九世

永德
行一同治四
年十一月二

三支十世

長占
光緒二十四
年五月三十

□日卒於□
□年□月□
日葬於其塔
木第二十一
塋
元配嚴氏卒於
□年□月□
日同小發合
葬
子二
長永德次羣
柱

十五日子時
生
元配邱氏
子長占

羣柱

行二光緒三
年五月十五
日卯時生

日未時生

三支六世

三支七世

三支八世

小昌

行五生於道光三十一年六月初八日午時卒於□□年□月□日葬於其塔木第二十一塋

元配舒氏

子大虎

三支九世

大虎

生於□□年□月□日卒於□□年□月□日葬於□處

元配楊氏

無嗣

三支十世

表三十八

富齡

行二生於□□年□月□日卒於□□年□月□日葬於其塔木第二十一塋元配王氏卒於□年□月□日同富齡合葬

秋保

生於□□年□月□日卒於□□年□月□日葬於其塔木第二十一塋

三支六世

永

行四

可仁公子生於□□年□月□日卒於□□年□月□日葬於其塔木弟二十一塋

元配李夫人卒

三支七世

子秋保

相齡

生於□□年□月□日卒於□□年□月□日葬於其塔木弟二十一塋

元配張氏卒於□年□月□日同相齡合

三支八世

滿貴 又名森

行一生於□□年□月□日卒於□□年□月□日葬於其塔木弟二十一塋

元配楊氏卒於□年□月□日同滿貴合

三支九世

長明

同治十二年四月二十日□時生

元配陳氏

子常和

三支十世

常和

光緒三十二年二月二十日未時生

於□年□月
□日同
永公合葬
子相齡

葬
子三
長滿貴次滿
庫次滿囤

葬
子長明
滿庫又名爽
行二生於□
□年□月□
日卒於□□
年□月□日
葬於其塔木
第二十一塋
元配□氏
子二

喜長
行一光緒九
年十二月三
十日丑時生

慶長
行二光緒十
四年二月十
六日丑時生

三支六世

三支七世

三支八世

長喜長次慶長

滿囤

行三生於□□年□月□日卒於□□年□月□日葬於□處

元配□氏

子長林

三支九世

長林

光緒十四年八月十二日丑時生

三支十世

表四十

阜

可禮公子生於
□□年□月
□日卒於□
□年□月□
日葬於大窩
堡第二十二
塋
元配楊夫人卒
於□年□月
□日同

承柱 又名忠齡

行一生於□
□年□月□
日卒於□□
年□月□日
葬於大窩堡
第二十二塋
元配王氏卒於
□年□月□
日同承柱合
葬

太 又名咬兒

行一咸豐七
年十月二十
三日□時生
元配楊氏卒於
□年□月□
日葬於大窩
堡第二十二
塋
子二
長雙虎次來

雙虎

行一光緒七
年十月十三
日未時生
元配馬氏卒於
□年□月□
日葬於□處

來虎

行二光緒十
三年正月十

三支六世

阜公合葬
子二
長承柱次福
春

三支七世

子二
長太次有

福春 又名金齡
行二生於□

三支八世

虎

有 又名得勝
行二□□年
□月□日生
元配陳氏卒於
□年□月□
日葬於□處
子存虎

保勝
行一生於□

三支九世

三日未時生

存虎
光緒二十年
三月十二日
戌時生

連虎
光緒十七年

三支十世

表四十一

□年□月□
日卒於□□
年□月□日
葬於大窩堡
第二十二塋
元配焦氏卒於
□年□月□
日同福春合
葬
子二
長保勝次存
勝

□年□月□
日卒於□□
年□月□日
葬於□處
元配戚氏
子連虎

存勝

行二光緒元
年十二月三
十日酉時生
元配王氏

正月十一日
丑時生

常虎

行一光緒二
十九年八月
十五日丑時
生

三支六世	明泰 又諱銑 行一字奉時 贈騎尉公子恩貢生持家有法内外肅然遠邇至今稱	
三支七世	文齡 行一字□□文庠生生於□□年□月□日卒於□□年□月□	
三支八世	卿保 德齡第三子繼文齡為嗣道光十七年正月初三日卯時生	子二 長常虎次羣虎
三支九世	永順 行一生於咸豐七年十二月十六日未時卒於光緒二十六年二	羣虎 行二宣統元年正月十一日丑時生
三支十世	吉昌 光緒六年七月十一日子時生 元配奚氏卒於□年□月□	

之生於□□
年□月□日
卒於□□年
□月□日葬
於三叉河弟
二十六塋
元配江夫人卒
於□年□月
□日同
奉時公合葬
子二
長文齡次德

日葬於三叉
河弟二十六
塋
元配魏氏卒於
□年□月□
日同文齡合
葬
側室張氏卒於
□年□月□
日祔葬墓所
無嗣以胞弟
子卿保為嗣

元配李氏卒於
□年□月□
日
繼配劉氏卒於
□年□月□
日均葬於三
叉河弟二十
六塋
繼配王氏
子四
長永順李氏
出次永亮次

月初七日葬
於三叉河弟
二十六塋
元配楊氏
子吉昌

永亮

行二生於同
治八年正月
初十日卯時
卒於光緒二
十五年十月
日
子奎林

桂昌

行一光緒十
三年十一月
初七日未時
生
元配周氏

三支六世

齡

三支七世

三支八世

永隆次永聚
俱劉氏出

三支九世

十五日□時
葬於□處
元配徐氏
子二
長桂昌次連
昌

永隆
行三生於同
治十一年八
月三十日丑
時卒於光緒

三支十世

連昌
行二光緒二
十年十二月
初三日亥時
生

鎖昌
光緒二十五
年九月初十
日酉時生

三十四年二
月二十八日
□時葬於□
處
元配劉氏卒於
□年□月□
日葬於□處
繼
配盧氏
子鎖昌

永聚

行四光緒二

榮昌

光緒二十一

三支六世

三支七世

德齡 又諱多隆武

行二生於□□年□月□日卒於□□年□月□日葬於其塔木第二十六塋

三支八世

祥保

行一字吉甫筆帖式同治間粤匪之亂從征湖北保藍翎六品軍功歸而不仕

三支九世

年十一月十四日戌時生

元配石氏

子榮昌

永廉

咸豐元年十二月初三日巳時生

三支十世

年九月十一日酉時生

喜昌

同治十一年三月十五日辰時生

元配嚴氏

子福霖

表四十四

元配嚴氏卒於□年□月□日同德齡合葬
子四
長祥保次善保次卿保出繼文齡為嗣
次瑞保

生於道光十一年五月十八日子時卒於光緒八年十一月二十五日葬於三叉河第二十六塋
元配楊氏卒於光緒十九年二月二十三日□時同祥

三支六世	
三支七世	
三支八世	保合葬 子永廉 **善保** 行二生於道光十四年八月十八日卯時卒於同治十三年六月初九日□時葬於三叉河第二十六塋
三支九世	**永春** 行一咸豐五年八月十六日丑時生 元配關氏 子三 長恩昌次毓昌次滿昌
三支十世	**恩昌** 行一同治九年九月十一日丑時生 元配石氏卒於光緒五年五月初一日葬於□處 繼配江氏

元配劉氏卒於
□年□月□
日
繼配嚴氏劉氏
卒於□年□
月□日同善
保合葬
楊氏
子三
長永春次永
林次永山

子二
長慶霖次景
霖

毓昌

行二光緒三
年六月二十
八日辰時生
元配戢氏

滿昌

行三藍翎五

三支六世	
三支七世	
三支八世	
三支九世	**永林** 行二同治五年二月二十七日卯時生 元配劉氏 子五
三支十世	品頂戴光緒十年閏五月初五日午時生 元配楊氏 **萬昌** 行一光緒九年十月十一日卯時生 元配張氏

長萬昌次海
昌次根昌次
銘昌次連昌

海昌
行二光緒十
二年二月十
五日子時生

根昌
行三光緒十
四年九月二
十五日亥時
生

三支六世

三支七世

三支八世

三支九世

三支十世

銘昌

行四光緒十六年十二月十一日戌時生

連昌

行五光緒二十一年十月二十七日子時生

永山

行三總管銜門六品頂戴委官同治六年六月初二日子時生

元配楊氏

子五

長金昌次銀昌次富昌次延昌次萃昌

金昌

行一光緒十年三月十八日丑時生

元配趙氏

銀昌

行二光緒十五年正月二十七日子時生

三支六世	
三支七世	
三支八世	
三支九世	
三支十世	元配戢氏 富昌 行三光緒十六年十二月十八日巳時生 延昌 行四光緒二十一年正月三十日子時

瑞保
行三國學生生於道光二十六年□月

永吉
行一同治二年二月二十九日午時生

生

萃昌
行五光緒二十三年七月初七日申時生

德昌
行一光緒七年十月初五日戌時生

三支六世	
三支七世	
三支八世	□日卒於光緒元年□月□日葬於太平山第十八塋 元配王氏卒於□年□月□日 繼配戢氏卒於□年□月□日 孫氏卒於光緒
三支九世	元配劉氏 子四 長德昌次壽昌次祿昌次會昌
三支十世	元配白氏 子金霖 **壽昌** 行二光緒□□年□月□日□時生 **祿昌** 行三光緒十六年二月十四日申時生

表四十九

七年六月□日俱同瑞保合葬
子四
長永吉次永福次永才次永來

永福
行二生於同治十年四月二十四日卯

元配王氏
子玉霖

會昌
行四光緒二十四年十月十一日丑時生

太昌
光緒十九年十二月二十一日丑時生

三支六世

三支七世

三支八世

三支九世

時卒於光緒二十六年七月二十七日□時葬於太平山弟十八塋

元配馬氏
子太昌

永才
行三同治十一年九月二

三支十世

景昌
光緒二十四年三月初六

十六日申時
生
元配歐氏
子景昌

永來

行四同治十
三年九月十
七日亥時生
元配楊氏
子二
長鳳昌次印

日亥時生

鳳昌

行一光緒十
九年五月十
八日卯時生

印昌

行二光緒二

錦泰 又諱鋒
行二
贈騎尉公子生
於□□年□
月□日卒於
□□年□月
□日葬於三
叉河第二十

夢齡
行一生於□
□年□月□
日卒於□□
年□月□日
葬於三叉河
第二十五塋
元配穆氏卒於

羣保
行一生於□
□年□月□
日卒於□□
年□月□日
葬於三叉河
第二十五塋
元配楊氏

昌

海魁
行一光緒九
年二月二十
七日□時生
元配楊氏

富祿
行二光緒□

十七年十一
月初七日辰
時生

三支六世
三支七世
三支八世
三支九世
三支十世

五塋
元配魏夫人卒
於□年□月
□日
繼配潘夫人卒
於□年□月
□日俱同
錦泰公合葬
子四
長夢齡次鶴
齡次鵬齡次
鵾齡

□年□月□
日
繼配萬氏卒於
□年□月□
日俱同夢齡
合葬
子二
長羣保次連
保

子海魁

連保
行二咸豐二
年十一月十
六日午時生
元配嚴氏卒於
□年□月□
日葬於□處
子五
長永德次永

□年□月□
日□時生

永德
行一同治十
年八月初八
日戌時生
元配嚴氏卒於
□年□月□
日葬於□處

永魁

三支六世

三支七世

三支八世

魁次永林次永滿次永祿

三支九世

永林

行二同治十二年二月初八日□時生

元配焦氏

永滿

行三光緒九年十二月初三日酉時生

元配張氏

三支十世

鶴齡

行二生於□

行四光緒十一年正月二十八日丑時生

永祿

行五光緒十四年三月三十日未時生

表五十三

三支六世	
三支七世	□年□月□日卒於□□年□月□日葬於□處 **鵬齡** 行三生於□□年□月□日卒於□□年□月□日葬於三叉河第二十五塋
三支八世	**千保** 生於□□年□月□日卒於□□年□月□日葬於三叉河第二十五塋
三支九世	**永發** 又名留福 行一生於□□年□月□日卒於□□年□月□日葬於三叉河第二十五塋
三支十世	**長林** 行一光緒十五年十二月初十日子時生 **玉林**

元配錢氏卒於
□年□月□
日同鵬齡合
葬
子千保

元配楊氏
子二
長永發次根
福

元配吳氏卒於
□年□月□
日與永發合
葬
子二
長長林次玉
林

根福
行二同治十
三年五月初
九月未時生

行二光緒十
九年十一月
二十日午時
生

喜林
行一光緒十
五年七月初
三日子時生

三支六世	
三支七世	
三支八世	
三支九世	元配錢氏 子四長喜林次雙林次五林次太林
三支十世	元配焦氏 **雙林** 行二光緒二十年正月二十五日午時生 **五林** 行三光緒二十六年九月二十四日子

鷗齡

行四生於□□年□月□日卒於□□

萬保

行一生於□□年□月□日卒於□□

永全

行一同治元年十一月初九日子時生

時生

太林

行四光緒三十三年九月十六日丑時生

祿林

行一光緒十一年九月十三日子時生

表五十五

三支六世	
三支七世	年□月□日葬於其塔木第二十五塋元配塔氏卒於□年□月□日同鷴齡合葬 子三長萬保次俊保次海保
三支八世	年□月□日葬於其塔木第二十五塋元配王氏 子四長永全次永安次永恒次永常
三支九世	元配佟氏卒於□年□月□日葬於□處繼配李氏 子二長祿林次桂林 **永安** 行二同治四年二月二十
三支十世	元配王氏 **桂林** 行二光緒十三年十一月十八日戌時生 元配關氏 **恩林** 行一光緒二十八年二月

九日丑時生
元配管氏
子二
長恩林次喜
林

永恆
行三光緒二
年二月二十

初七日未時
生

喜林
行二光緒三
十年四月二
十五日辰時
生

玉林
行一光緒二
十九年十一

三支六世

三支七世

三支八世

三支九世

日戌時生
元配蘇氏
子二
長玉林次金
林

永常
行四光緒五
年二月二十

三支十世

月二十六日
丑時生

金林
行二光緒三
十三年五月
十一日寅時
生

俊保

行二道光二十四年七月十八日午時生

元配嚴氏

子四

長永伏次永寬次永滿次

九日戌時生

元配江氏

永伏

行一同治九年六月二十日子時生

元配李氏卒於□年□月□日葬於□處

繼配石氏

三支六世

三支七世

三支八世

永良

三支九世

永寬
行二同治十一年二月十五日子時
元配吳氏
子五
長金昌次貴昌次奎昌次會昌次羣昌

三支十世

金昌
行一□□年□月□日生

貴昌
行二□□年□月□日生

奎昌
行三□□年

永滿
行三光緒三

月□日生

會昌
行四□□年□月□日生

羣昌
行五□□年□月□日生

寶昌
光緒三十年

三支六世

三支七世

三支八世

三支九世

年四月初一日巳時生
元配嚴氏
子寶昌

永良 又名慶雲
行四光緒九年十月十五日巳時生軍功五品頂戴
元配戢氏
子瑞昌

三支十世

九月十七日戊時生

瑞昌
光緒三十四年二月初十日亥時生

表五十八

海保
行三咸豐四年八月十四日午時生
元配李氏
子二
長永慶次雙慶

永慶
行一光緒元年四月初八日丑時生
元配韓氏
子二
長大石次二石

大石
行一光緒二十三年二月十五日戌時生

二石
行二光緒十八年二月初八日午時生

三支六世	榮泰 又諱鎬 行三字保卿 贈騎尉公子烏 拉總管衙門 六品驍騎校
三支七世	多祿 原名恩齡 字竹山光緒 乙酉科拔貢 花翎黑龍江 綏化府知府
三支八世	璽葆 行一字玉初 國學生光緒 八年八月初 三日丑時生
三支九世	雙慶 行二光緒十 五年十二月 十六日子時 生 永康 光緒二十九 年□月□日 生
三支十世	

贈中憲大夫
公廣額微鬚長
身鶴立秉性
方嚴不附顯
貴生平重然
諾好施予同
治丙寅丁卯
閒吉林土匪
倡亂保全桑
梓
公力為多而於
敦宗睦族尤

同治二年十
二月初八日
亥時生
元配孟蘇哩氏
卒於光緒二
十三年十月
十一日辰時
權厝瓦房西
阡
繼配他他拉氏
子五
長璽葆次霙

元配關氏
子永康

霙葆
行二字雪岑
國學生光緒
十五年正月
十七日子時
生
元配馬氏

蔭葆

三支六世

為注意以故人無遠邇族無親疏莫不感稱三先生三先生不置云解組後以詩酒自娛尤喜引援後進一時名士俱樂趣附焉生於嘉慶二十五年十二月

三支七世

蓀次蔭蓀次櫺蓀次通蓀

三支八世

行三字雨叔光緒十七年二月二十一日寅時生

櫺蓀

行四字季雲光緒二十年二月初七日丑時生

通蓀

三支九世

三支十世

二十七日丑
時卒於光緒
十三年五月
十六日寅時
葬於瓦房西
嶺第二十四
塋
元配關夫人卒
於咸豐六年
二月□日□
時
繼配瓜爾佳夫

行五光緒二
十八年十月
二十七日申
時生

三支六世

人卒於光緒二十八年五月二十五日申時俱同中憲公合葬子多祿

清泰 又諱錦

行一字文漢可名公子國學生生於□□年□月□日

三支七世

椿齡 又諱丁壯

行一生於□□年□月□日卒於□□年□月□日

三支八世

三支九世

永魁

榮保次子繼椿齡為孫同治二年六月初十日□時

三支十世

金常

行一光緒十一年五月二十九日午時生

表六十一

卒於□□年
□月□日葬
於其塔木弟
四塋
元配楊夫人卒
於□年□月
□日
繼配王夫人卒
於□年□月
□日俱同
文漢公合葬
子三

葬於其塔木
第四塋
元配趙氏卒於
□年□月□
日
繼配王氏趙氏
戰氏周氏卒
於□年□月
□日俱同椿
齡合葬
無嗣以榮保
子永魁為孫

生
元配卜氏
子三
長金常次銀
常次滿常

銀常
行二光緒十
六年七月十
六日戌時生

滿常
行三光緒三
十三年五月
初二日戌時
生

三支六世	長椿齡次桂齡次槐齡
三支七世	**桂齡** 又諱丁重 行二生於□□年□月□日卒於□□年□月□日葬於其塔木第四塋 元配徐氏卒於□年□月□
三支八世	**榮保** 國學生生於道光二十三年二月二十日卒於光緒□□年□月□日葬於瓦房嶺東第十六塋
三支九世	**永貴** 行一咸豐十年四月十二日戌時生 元配焦氏卒於光緒□年□月□日葬於瓦房嶺東第十六塋
三支十世	**恩常** 光緒七年九月十四日□時生 元配焦氏

表六十二

日同桂齡合
葬
子榮保

槐齡 又諱丁全
行三字壽山
生於□□年

元配吳氏卒於
□年□月□
日同榮保合
葬
子三
長永貴次永
魁繼椿齡為
嗣次永和

慶保
行一生於道
光□□年□

子恩常

永和
行三光緒七
年八月初二
日戌時生
元配戢氏

繼航
行一存保長
子繼慶保為

福昌
行一光緒二
十二年九月

三支六世	
三支七世	□月□日卒於光緒十八年四月初一日申時葬於太平山南弟十四塋 元配王氏卒於□年□月□日 繼配趙氏卒於□年□月□日俱同壽山
三支八世	月□日卒於同治七年三月二十五日葬於太平山南弟十四塋 元配楊氏卒於光緒二十六年十二月十九日巳時同慶保合葬 無嗣以弟存保子為嗣
三支九世	嗣同治十二年三月初六日酉時生 元配劉氏卒於□年□月□日葬於□處 子二 長福昌次壽昌
三支十世	初八日申時生 **壽昌** 行二光緒二十七年九月二十七日申時生

表六十三

合葬
子二
長慶保次存
保

存保

行二咸豐五
年正月初七
日巳時生
元配嚴氏
子三
長繼航出繼
慶保爲嗣次
繼富次繼榮

繼富

行二光緒元
年九月初五
日午時生
元配管氏卒於
□年□月□
日
繼配周氏

繼榮

三支六世

和泰 又諱鉅

行一
可名公子生於
□□年□月
□日卒於□
□年□月□
日葬於其塔

三支七世

柏齡 又諱雙喜

生於□□年
□月□日卒
於□□年□
月□日葬於
其塔木弟四
塋

三支八世

根保

生於咸豐九
年四月初六
日寅時卒於
光緒三十一
年正月十九
日□時葬於

三支九世

行三光緒十
四年十一月
初八日辰時
生

永祥

行一光緒□
□年九月二
十四日亥時
生
元配趙氏

三支十世

表六十四

木第四塋
元配潘夫人卒於□年□月□日同和泰公合葬
子柏齡

長泰又諱錡
行三
可名公子生於□□年□月□日卒於□

元配劉氏卒於□年□月□日同柏齡合葬
子根保

□處
元配楊氏
子二長永祥次鳳祥

鳳祥
行二光緒十九年九月初一日亥時生

□年□月□日葬於其塔木弟五塋

元配張夫人卒於□年□月□日同長泰公合葬

無嗣

安泰 又諱鑄

行一

可昌公子生於

三支六世

三支七世

三支八世

三支九世

三支十世

表六十五

□□年□月□日卒於□□年□月□日葬於其塔木第五塋

元配塔夫人卒於□年□月□日同

安泰公合葬

無嗣

景泰又諱鎧

松齡

長保

永海

三支六世

行二
可昌公子生於
□□年□月
□日卒於□
□年□月□
日葬於其塔
木第四塋
元配杜夫人卒
於□年□月
□日同
景泰公合葬
子四

三支七世

行一生於□
□年□月□
日卒於□□
年□月□日
葬於其塔木
第四塋
元配杜氏卒於
□年□月□
日同松齡合
葬
子長保

三支八世

道光二十一
年六月初三
日未時生
元配蕭氏卒於
□年□月□
日葬於□處
子二
長永海次富
海

三支九世

行一光緒□
年□月□日
生

富海

行二光緒九
年十月初六
日□時生

三支十世

長松齡次楊齡次樹齡次木齡

楊齡

行二生於□□年□月□日卒於□□年□月□日葬於其塔木第四塋

樹齡

行三生於□□年□月□

銀合

□□年□月□日生

三支六世

三支七世

日卒於□□年□月□日葬於其塔木第四塋元配毛氏卒於□年□月□日同樹齡合葬子銀合

木齡 又諱雙壽

行四生於□

三支八世

三支九世

三支十世

佟泰 又諱鋒

行三
可昌公子生於
□□年□月
□日卒於□
□年□月□

□年□月□
日卒於□□
年□月□日
葬於其塔木
第四塋

壽齡 又諱克興額

行一生於□
□年□月
日卒於□□
年□月□日
葬於其塔木

桂保

行一字馨山
以光緒初從
征伊犁積功
保至花翎防
禦擬入協領

永常

光緒十一年
七月初二日
辰時生
元配趙氏

三支六世

日葬於其塔
木第七塋
元配戢夫人卒
於□年□月
□日同
佟泰公合葬
子四
長壽齡次清
齡次山齡次
川齡

三支七世

第七塋
元配張氏卒於
□年□月□
日
繼配石氏卒於
□年□月□
日俱同壽齡
合葬
子四
長桂保次昆
保次明保次
恩保

三支八世

銜門正黃旗
道光二十一
年三月二十
八日丑時生
元配劉氏
子永常

昆保

行二六品軍
功生於□□
年□月□日
卒於□□年

三支九世

三支十世

□月□日葬
於□處
元配王氏卒於
□年□月□
日葬於□處

明保

行三生於□
□年□月□
日卒於□□
年□月□日
葬於□處

三支六世

三支七世

三支八世

恩保

行四生於□□年□月□日卒於□□年□月□日葬於□處

元配鄭氏卒於□年□月□日葬於□處

子長慶

三支九世

長慶

光緒二十一年五月十四日卯時生

三支十世

清齡

行二生於□□年□月□日卒於□□年□月□日葬於其塔木第七塋元配吳氏卒於□年□月□日同清齡合葬

春保

行一咸豐四年正月十五日亥時生元配楊氏子三長永平次永忠次永清

永平

光緒五年正月十九日亥時生

永忠

行二光緒十四年三月初五日未時生

永清

三支六世	
三支七世	子四 長春保次奎保次官保次文保
三支八世	**奎保** 行二生於□□年□月□日卒於□□年□月□日葬於□處
三支九世	行三光緒二十三年正月初八日子時生
三支十世	

表七十

官保

行三生於□□年□月□日卒於□□年□月□日葬於□處

文保

行四七品頂戴同治四年十二月初七

表七十一

三支六世

三支七世

山齡
行三生於□
□年□月□
日卒於□□
年□月□日
葬於其塔木
第七塋
元配閔氏卒於
□年□月□
日同山齡合

三支八世

日生
從保
行一生於□
□年□月□
日卒於□□
年□月□日
葬於□處
元配鄔氏卒於
□年□月□
日葬於□處
無嗣

三支九世

三支十世

葬
子二長從保次祿保

祿保
行二生於道光二十九年四月二十七日未時卒於光緒二十三年十月初九日未時葬於其塔木弟七塋
元配杜氏

容山
行一光緒三年十二月二十六日戌時生
元配關氏卒於光緒三十四年六月十三日辰時
繼配石氏
子奎林

奎林
光緒□年三月初一日寅時生

三支六世

三支七世

三支八世

子三長容山次富山次昌山

三支九世

富山

行二光緒六年七月十六日戌時生

元配楊氏

子全林

昌山

行三光緒十八年六月十一日午時生

三支十世

全林

光緒二十九年十月十八日亥時生

川齡
行四生於□
□年□月□
日卒於□□
年□月□日
葬於其塔木
第七塋
元配趙氏卒於
□年□月□
日
繼配戢氏

喜保
行一同治二
年三月初六
日子時生
元配劉氏
子二
長雙山次玉
山

雙山
行一光緒二
十九年閏五
月十六日酉
時生

玉山
行二光緒三
十三年九月
十七日寅時
生

三支六世

三支七世

子五長喜保次順保次德保次興保次全保

三支八世

順保

行二同治四年十一月十九日子時生

元配趙氏

子祥山

德保

行三生於□□年□月□日卒於□□

三支九世

祥山

光緒二十三年七月二十七日子時生

三支十世

年□月□日
葬於□處

興保
行四同治十
一年十月十
二日戌時生
元配馬氏
子二
長金山次寶
山

金山
行一光緒三
十一年四月
二十日戌時
生

寶山
行二光緒三
十四年五月

表七十四

三支六世

存泰 又諱鉞

行四

可昌公子生於□□年□月□日卒於□

三支七世

恩生

行一生於□□年□月□□日卒於□□年□月□日

三支八世

全保

行五光緒八年十一月初三日丑時生

元配廖氏

承羣

行一同治六年十二月十一日亥時生

元配劉氏

三支九世

初三日辰時生

喜春

行一光緒十三年十二月二十日未時生

三支十世

福昌

光緒二十六年三月二十七日亥時生

□年□月□日葬於其塔木弟五塋
元配楊夫人卒於□年□月□日同
存泰公合葬
子二
長恩生次恩起

葬於□處
元配温氏卒於□年□月□日葬於□處
子五
長承羣次羣保次萊保次春虎次春山

子四
長喜春次雙喜次慶春次玉春

元配張氏
子福昌

雙喜

行二光緒十九年十二月初二日□時生

慶春

行三光緒二十八年二月

表七十五

三支六世

三支七世

三支八世

羣保

行二生於□□年□月□

三支九世

初七日辰時生

玉春

行四光緒三十一年三月十一日巳時生

三支十世

日卒於□□
年□月□日
葬於□處
元配關氏卒於
□年□月□
日葬於□處
無嗣

萊保

行三光緒二
年十月初九
日巳時生

合春

行一光緒二
十四年三月
二十九日未

三支六世

三支七世

三支八世

元配關氏
子二
長合春次富
春

春虎
行四光緒七
年十二月十
四日未時生

三支九世

時生

富春
行二光緒三
十一年三月
十二日酉時
生

貴喜
光緒三十年
二月初六日
申時生

三支十世

恩起
行二生於□
□年□月□
日卒於□□

元配高氏
子貴喜

春山
行五光緒十
一年□月□
日生

表七十七

三支六世

鏻

行一
可廣公子生於□□年□月□日卒於□□年□月□日葬於其塔木第五塋
元配戢夫人卒年□月□日葬於□處

三支七世

萬齡

生於□□年□月□日卒於□□年□月□日葬於其塔木第五塋
元配趙氏卒於□年□月□

三支八世

瑑 又名石頭

行一生於□□年□月□日卒於□□年□月□日葬於其塔木第五塋
元配王氏
子二

三支九世

連海

行一光緒七年五月十七日未時生
元配史氏

常海

行二光緒九年十一月二

三支十世

於□年□月□日同鏻公合葬子萬齡

鍴

行二

可廣公子生於□□年□月□日卒於□□年□月□

日同萬齡合葬子二長琢次瑭出繼根齡為嗣

根齡

行一生於□□年□月□日卒於□□年□月□日葬於大窩堡

長連海次常海

瑭 又名小保

萬齡子繼根齡為嗣行二生於道光三十年七月十七日□時卒

十四日戌時生

同海

光緒九年七月十一日□時生

元配景氏

子常順

常順

光緒三十年四月十三日戌時生

表七十八

三支六世

日葬於其塔
木第五塋
元配關夫人卒
於□年□月
□日同
鍽公合葬
子三
長根齡次喜
柱次赶柱

三支七世

第二十三塋
元配劉氏卒於
□年□月□
日同根齡合
葬
無嗣以萬齡
子瑭為嗣

三支八世

於□□年□
月□日□時
葬於大窩堡
第二十三塋
元配譚氏卒於
□年□月□
日
繼配楊氏卒於
□年□月□
日俱同瑭合
葬
子同海

三支九世

三支十世

喜柱

行二生於□□年□月□日卒於□□年□月□日葬於□處

赶柱

行三生於□□年□月□日卒於□□

表七十九

三支六世

鏞

行三可廣公子生於□□年□月□日卒於□□年□月□日葬於其塔木第五塋元配廖夫人卒年□月□日葬於□處

三支七世

玉柱 又諱玉齡

行一生於□□年□月□日卒於□□年□月□日葬於大窩堡第二十三塋元配劉氏卒於□年□月□

三支八世

來喜

行一同治七年八月二十一日子時生

英喜

行二同治十年三月初八日寅時生

三支九世

常海

行一光緒□年□月□日生

三支十世

於□年□月□日

子二

長玉柱次福全

日

子三

長來喜次英喜次雙喜

雙喜

元配毛氏

子三

長常海次常山次常桂

常山

行二光緒□□年□月□日生

常桂

行三光緒□□年□月□日生

表八十

三支六世

三支七世

福全 行二□□年□月□日□時生 元配毛氏卒於□年□月□日葬於其塔木第五塋

三支八世

行三光緒四年七月二十五日戌時生

金喜 行一同治□年五月二十五日子時生

德喜 行二光緒四年七月十三

三支九世

三支十世

子四長金喜次德喜次常喜次明喜

日未時生

元配王氏

常喜

行三光緒□□年□月□日生

明喜

行四光緒十八年七月十二日戌時生

三支十一世

三支十一世

慶霖

行一恩昌子
光緒十八年
四月初三日
戌時生

景霖

行二恩昌子
光緒二十五

年九月二十日寅時生

福霖

喜昌子光緒十五年九月初五日亥時生

元配趙氏

奎霖

吉昌子光緒

二十七年正月十五日丑時生

金霖

德昌子光緒三十三年八月十六日子時生

玉霖

祿昌子光緒

三支十一世

表八十二全

吉林成氏家譜卷第二

三十三年十二月十一日寅時生

宣統二年十月

吉林成氏家譜

歸安朱祖謀題

塋墓篇第三

成氏家譜

古不墓祭言已為經漢唐吕降禮重上陵紙幡麥飯稽首郊坰方春采藻秋末薦馨蔥蔥鬱鬱識此佳城河山不改松柏青青於萬斯年不騫不崩譜塋墓

片片家詩卷第三

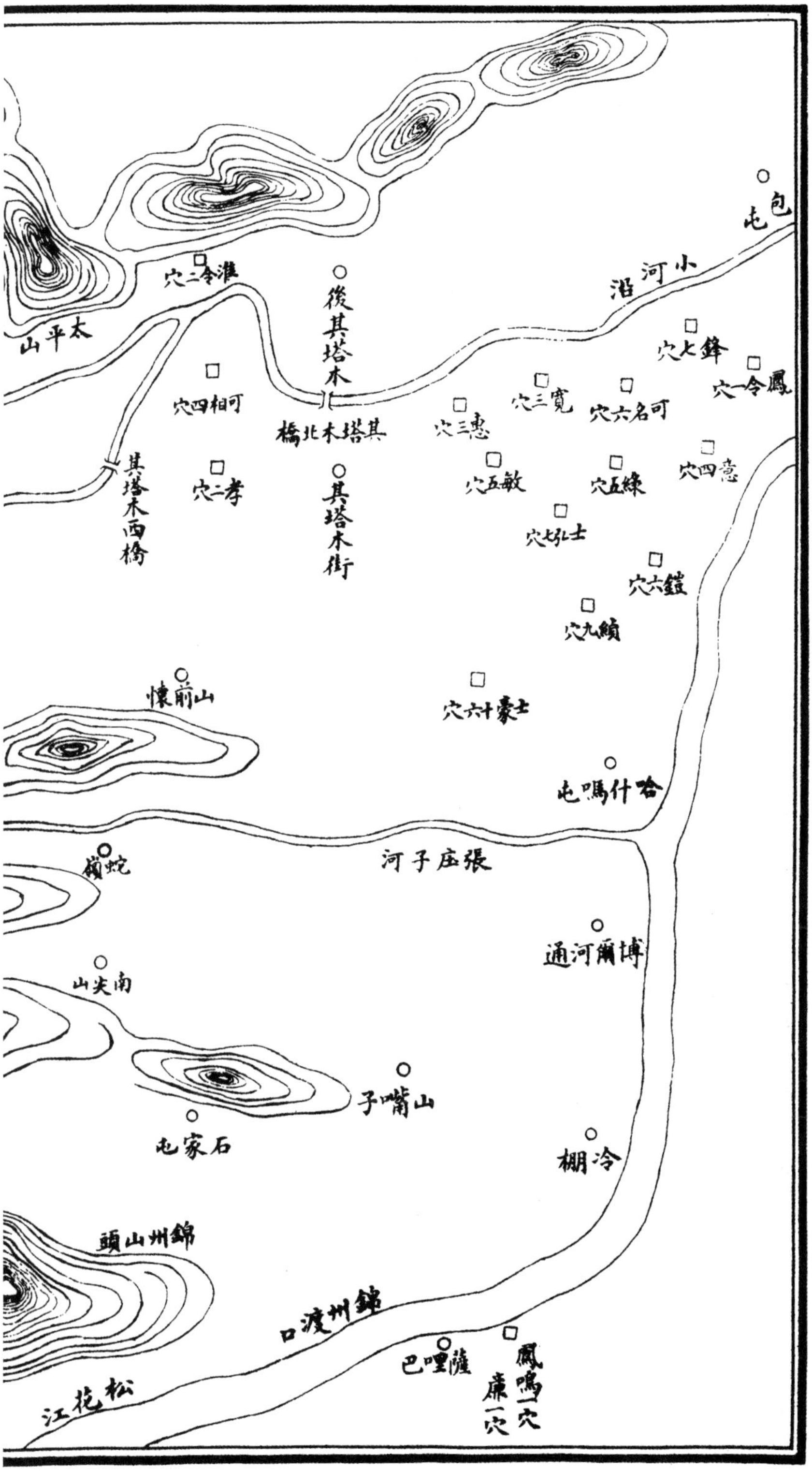
包屯
小河沿
太平山
淮令二穴
後其塔木
其塔木北橋
可相四穴
孝二穴
其塔木西橋
其塔木街
惠三穴
寬三穴
可名六穴
鋒七穴
鳳令一穴
敏五穴
綠五穴
意四穴
士弘七穴
鐙六穴
績九穴
士豪十六穴
山前懷
哈什嗎屯
張庄子河
蛇嶺
博爾河通
南尖山
山嘴子
石家屯
冷棚
錦州山頭
錦州渡口
松花江
薩哩巴
鳳鳴一穴
康一穴

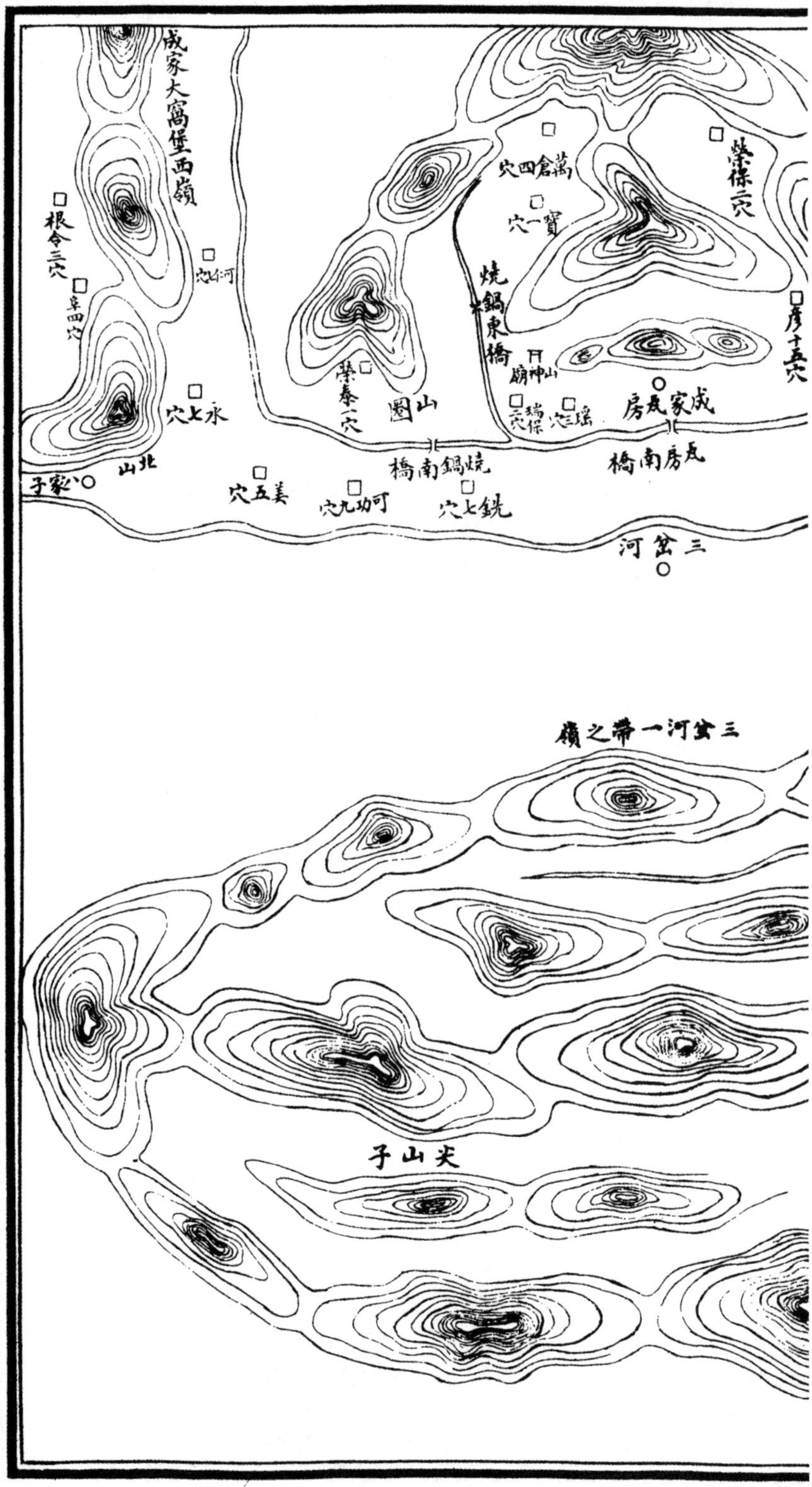
成家大窩堡西嶺
根令三穴
水七穴
北山
萬倉四穴
寶一穴
榮保二穴
燒鍋東橋
榮泰一穴
山圈
成家瓦房
燒鍋南橋
瓦房南橋
姜五穴
可功九穴
銃七穴
三岔河
三岔河一帶之嶺
尖山子

第一塋圖

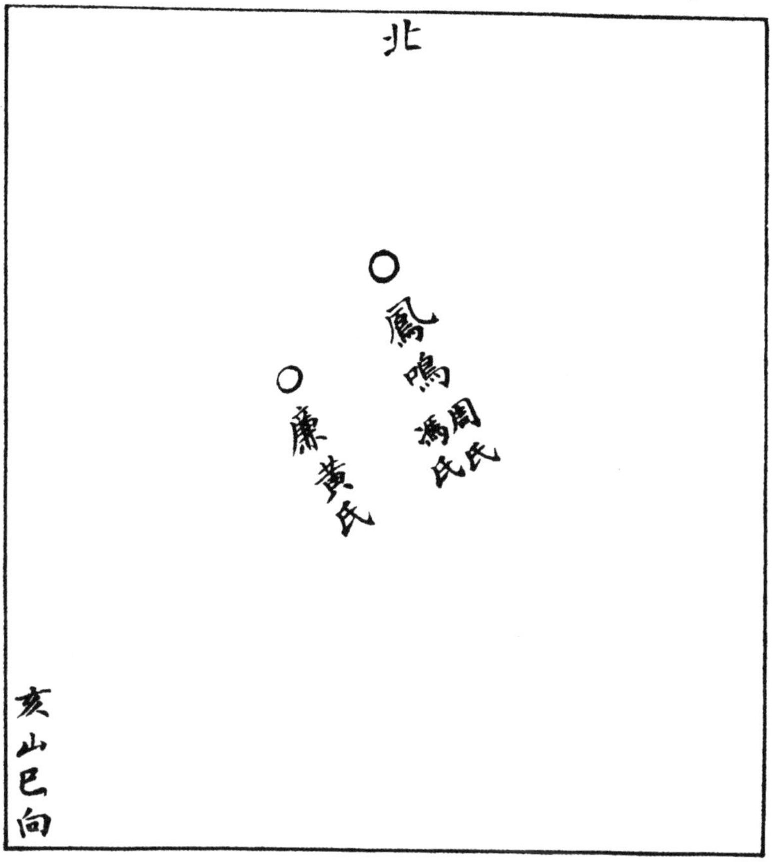

塋在薩哩巴屯去吉林一百里在烏拉東北松花江南岸距烏拉三十里距大江三里兆二亥山巳向四至本姓地塋域一畮三分

弟二塋圖

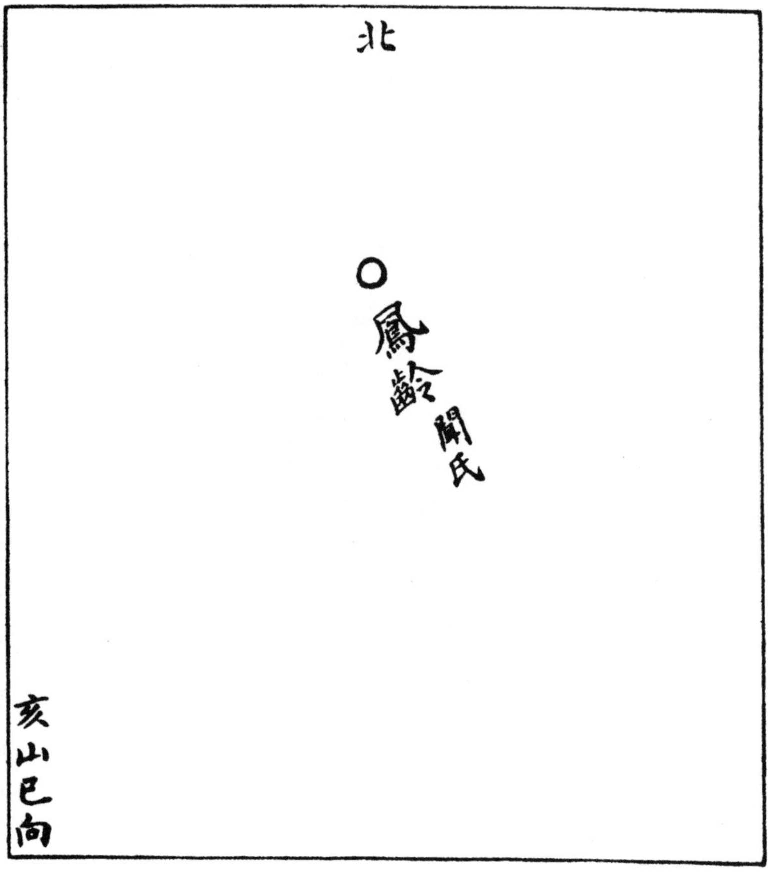

塋在趙家窩堡其塔木東三里南至弟一塋五十八里西至弟三塋二里兆一亥山巳向四至本姓地塋域一畝三分

第三塋圖

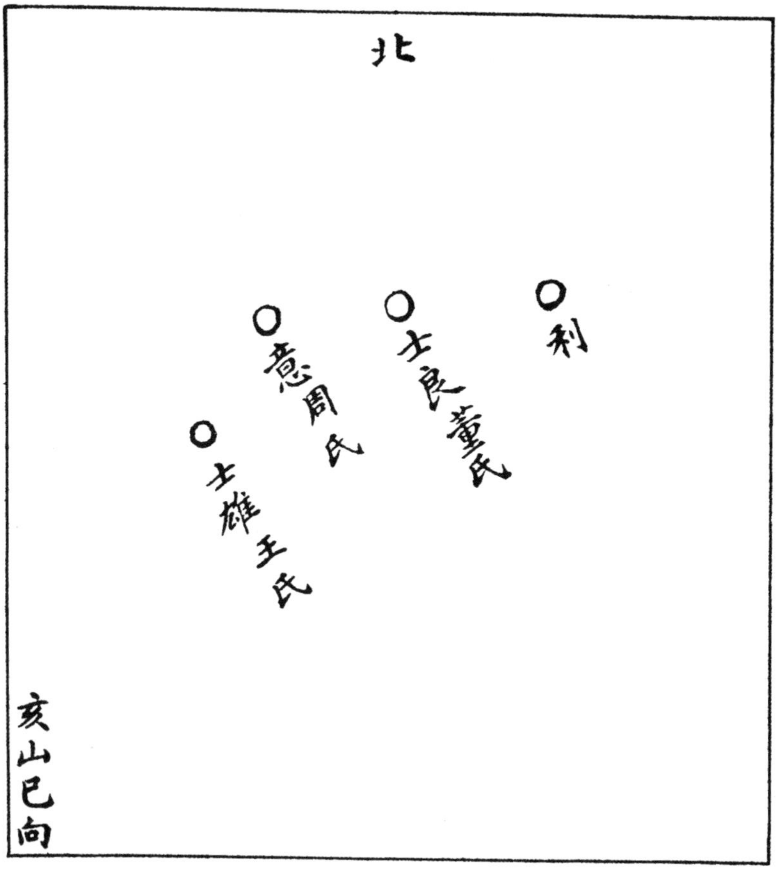

塋在其塔木東一里東至第二塋三里西與第四塋毗連兆四亥山巳向東西至本姓地南北十三弓

第四塋圖

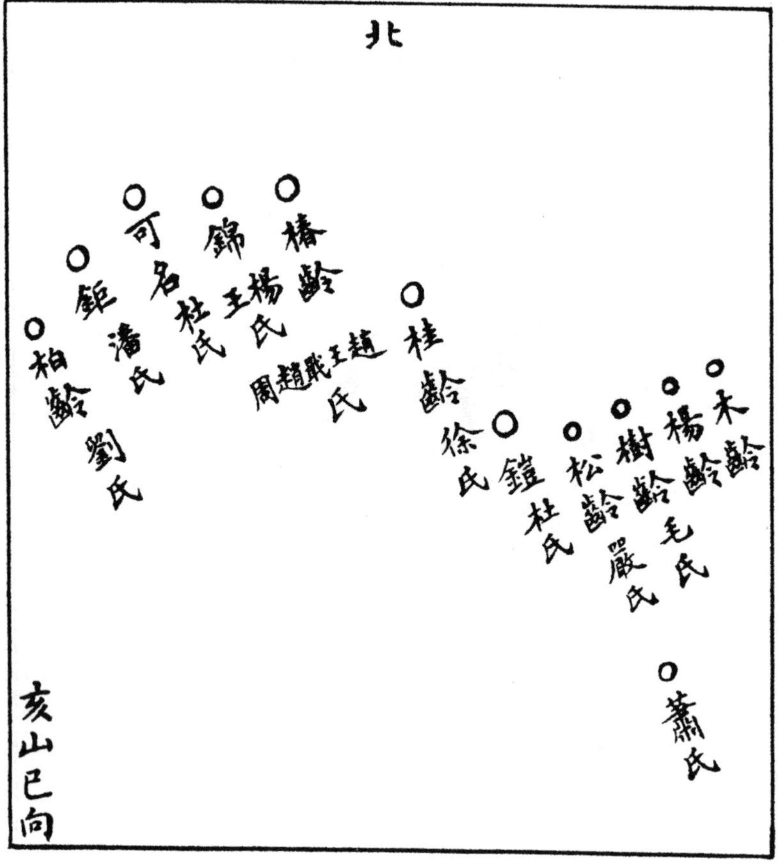

塋在其塔木東一里東與第三塋相接西與第五塋相接兆十二亥山巳向南北寬六十五弓

第五塋圖

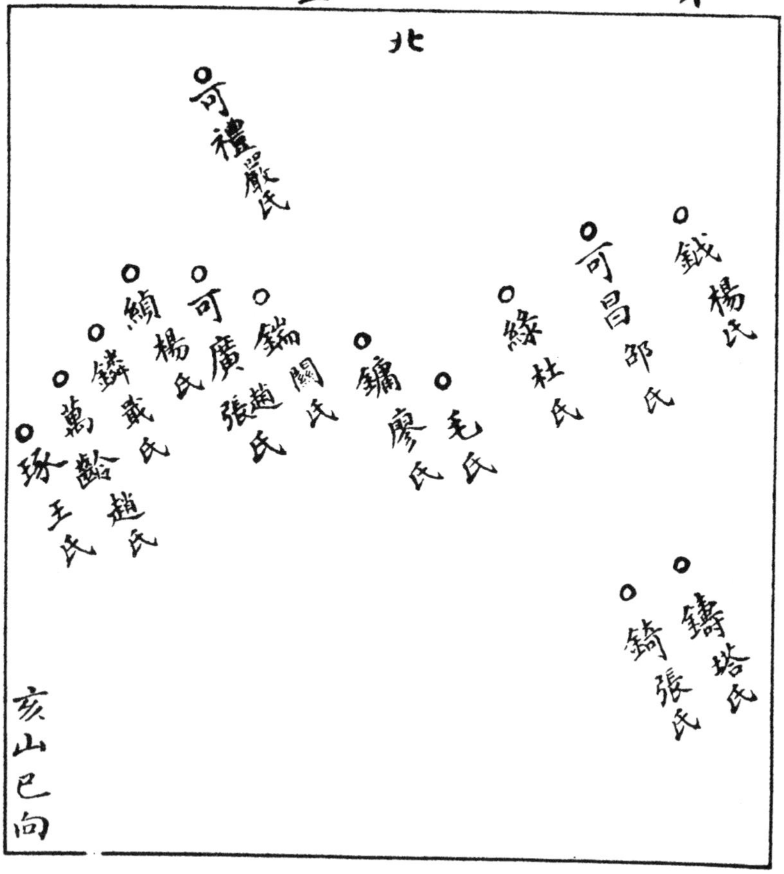

塋在其塔木屯東一里所東與第四塋毗連西與弟六塋毗連兆十有四亥山巳向四至本姓地

第六塋圖

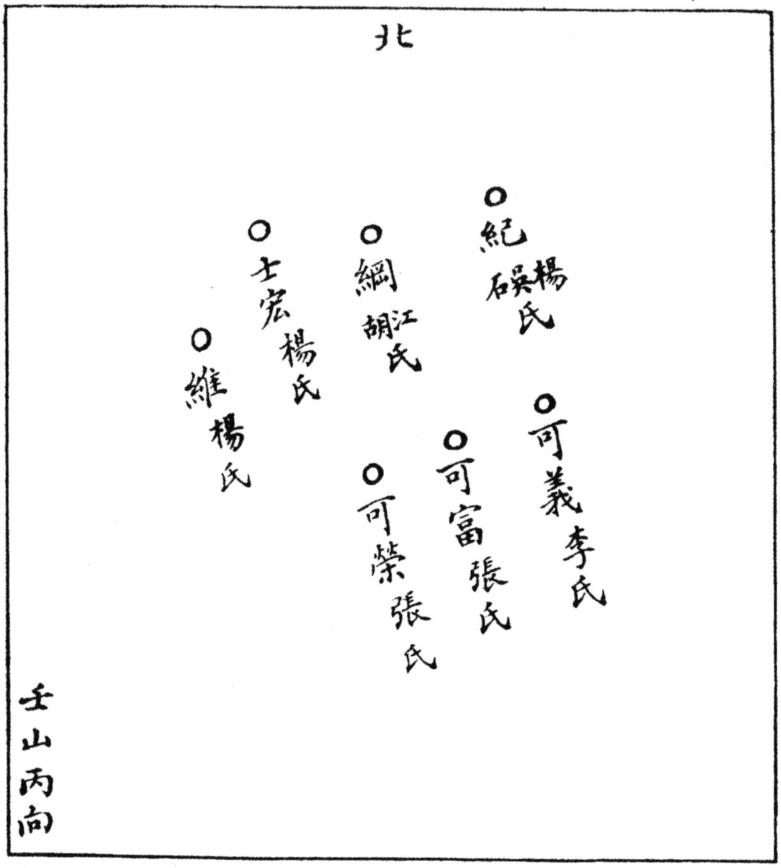

塋在其塔木東一里所東與第五塋相連兆七壬山丙向塋域東西長一百零六弓西至張姓墳南北寬三十四弓

第七塋圖

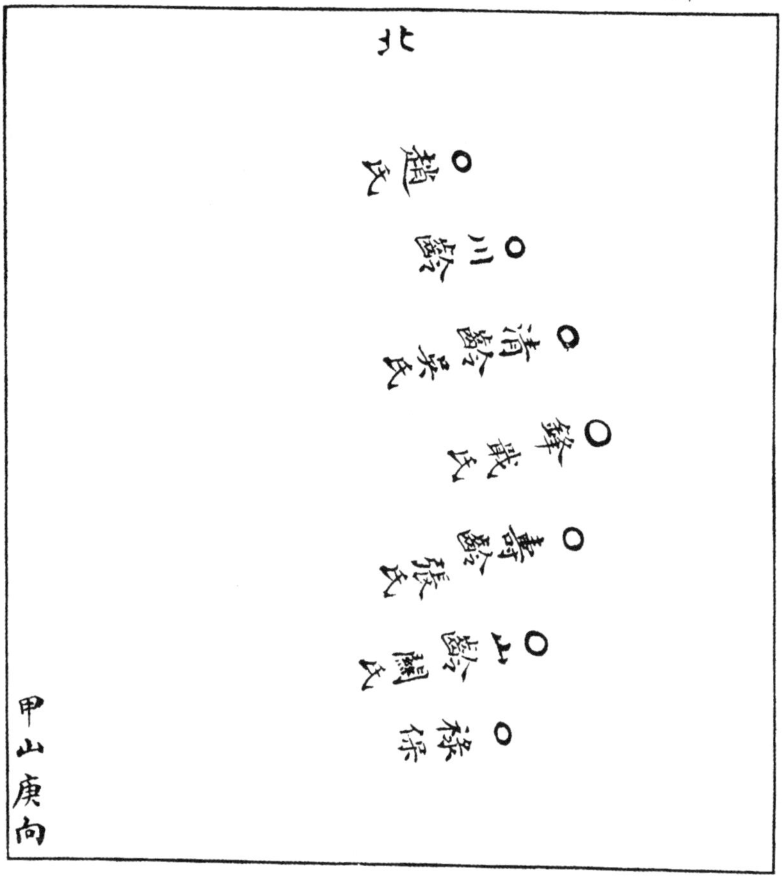

塋在其塔木屯東北距小河沿一里南至第六塋一里兆七甲山庚向東至官地南北西至本姓地塋域一畮三分

四

第八塋圖

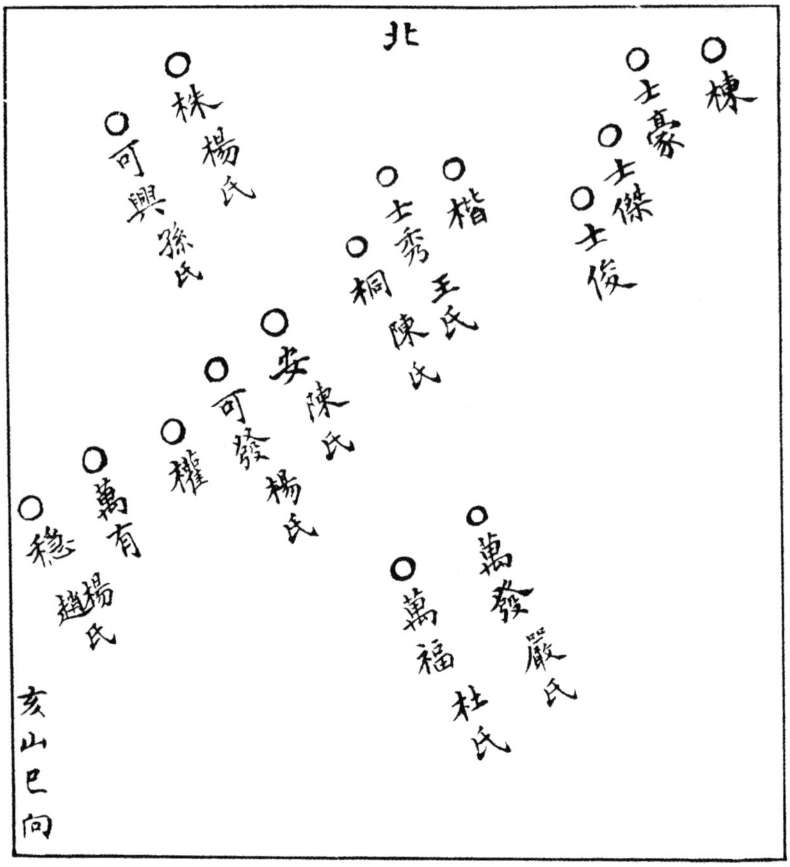

塋在其塔木東南距屯一里在第六塋之前兆十六四至本姓地塋域南北寬二十弓東西長二十九弓

第九塋圖

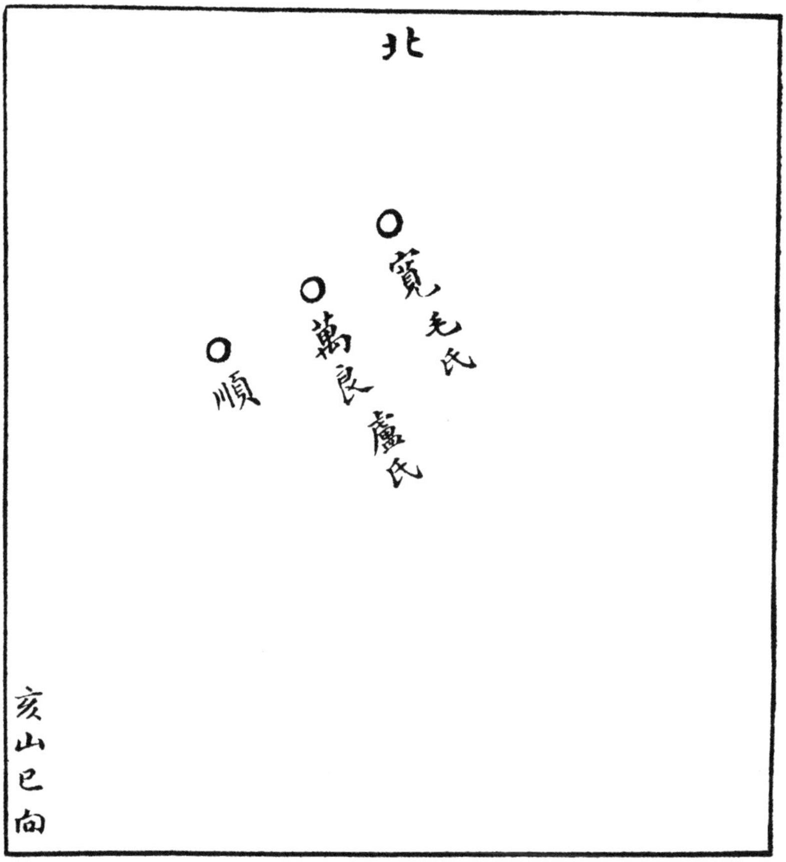

塋在其塔木東北第八塋之西北兆三亥山巳向四至本姓地塋域南北寬十三弓東西長十五弓

第十塋圖

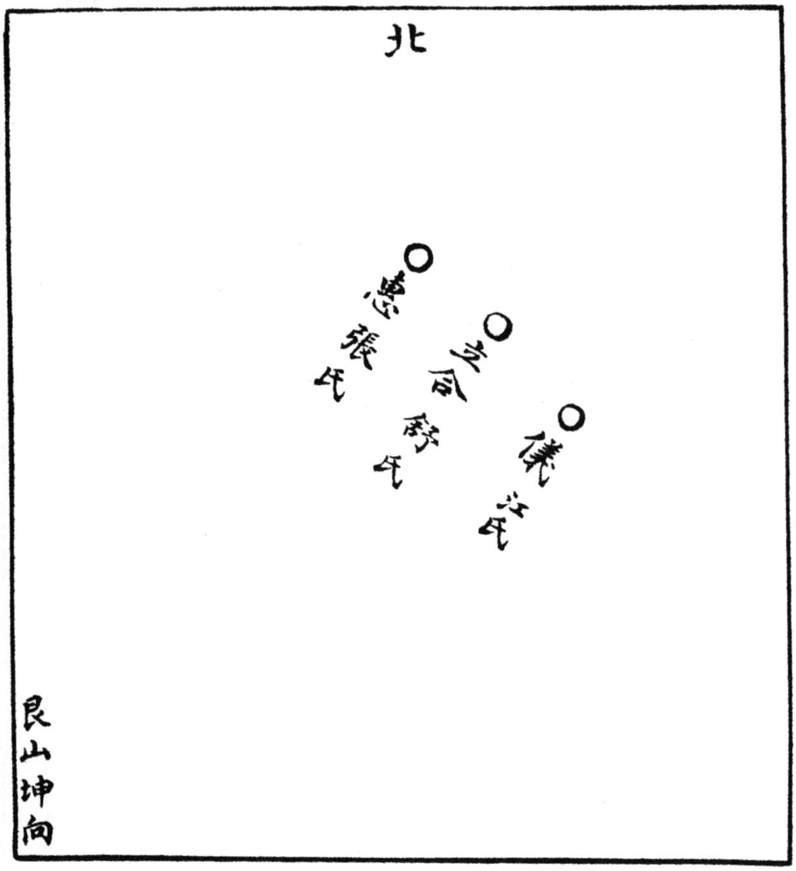

塋在其塔木河南去屯半里距第九塋半里兆三艮山坤向四至本姓地塋域一晦三分

第十一塋圖

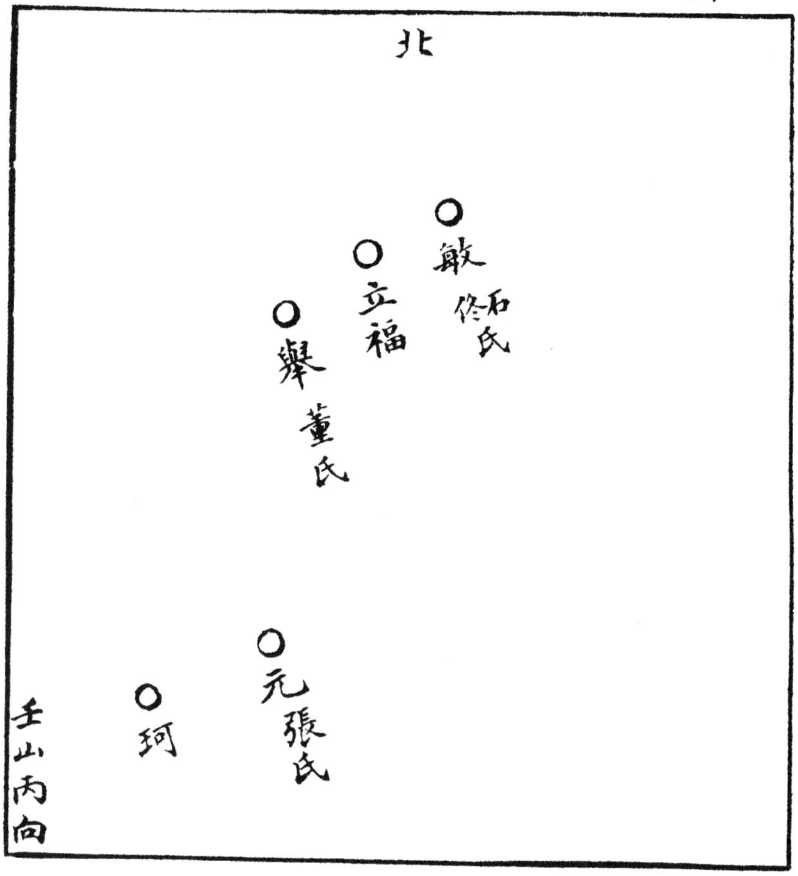

塋在其塔木東與弟十塋毗連兆五壬山丙向四至本姓地塋域一晦三分

第十二塋圖

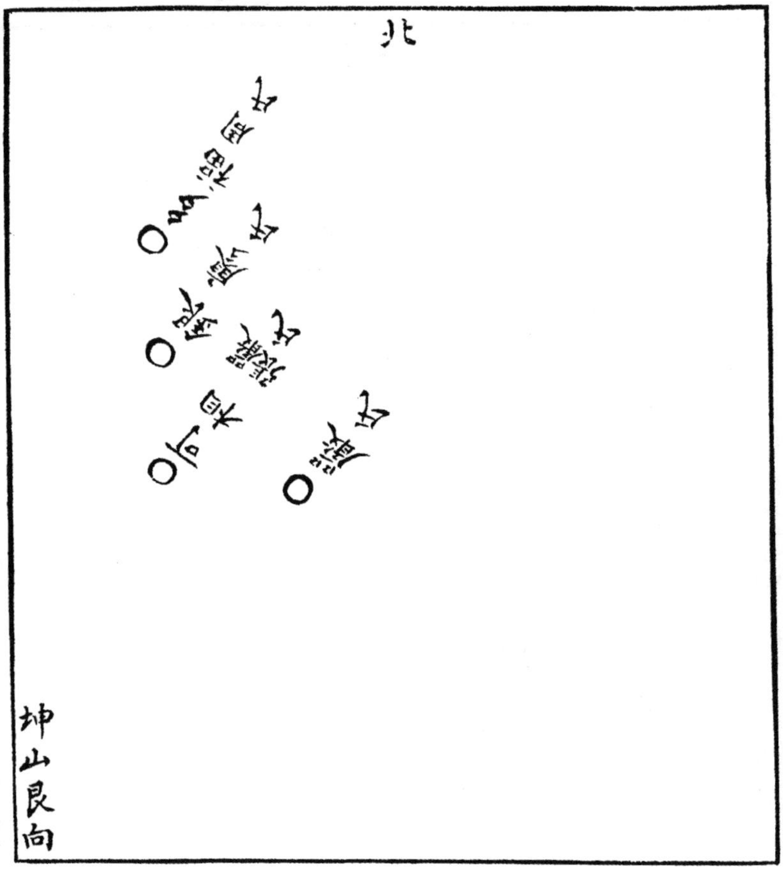

塋在其塔木西北半里所距第十一塋一里兆四坤山艮向四至本姓地塋域東西十八弓南北二十三弓

第十三塋圖

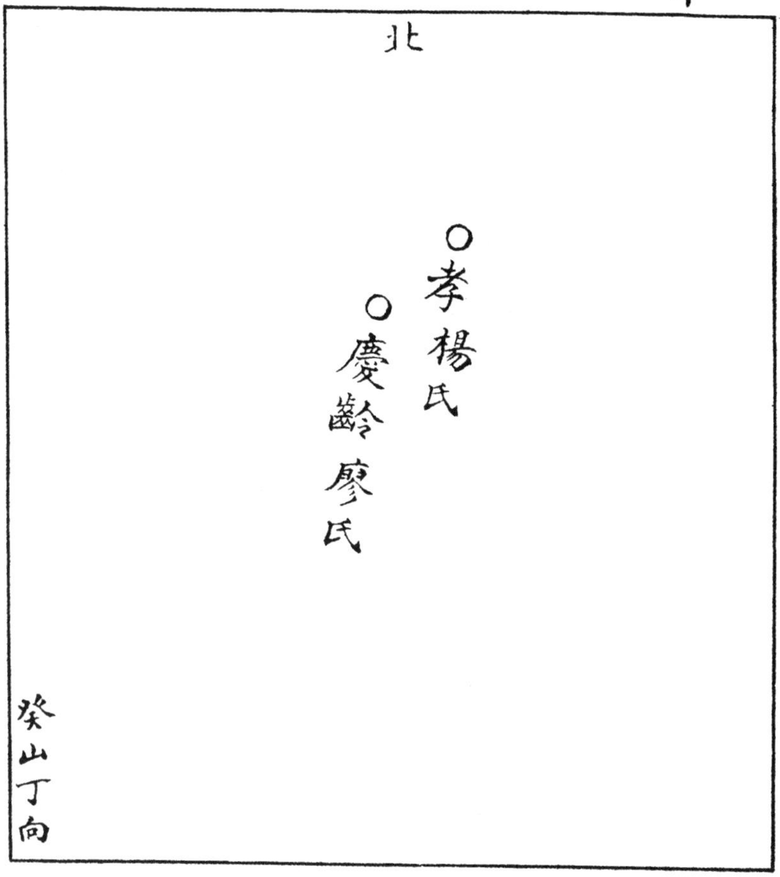

塋在其塔木西北半里與第十一塋相連兆二癸山丁向四至張姓地塋域一畮三分

第十四塋圖

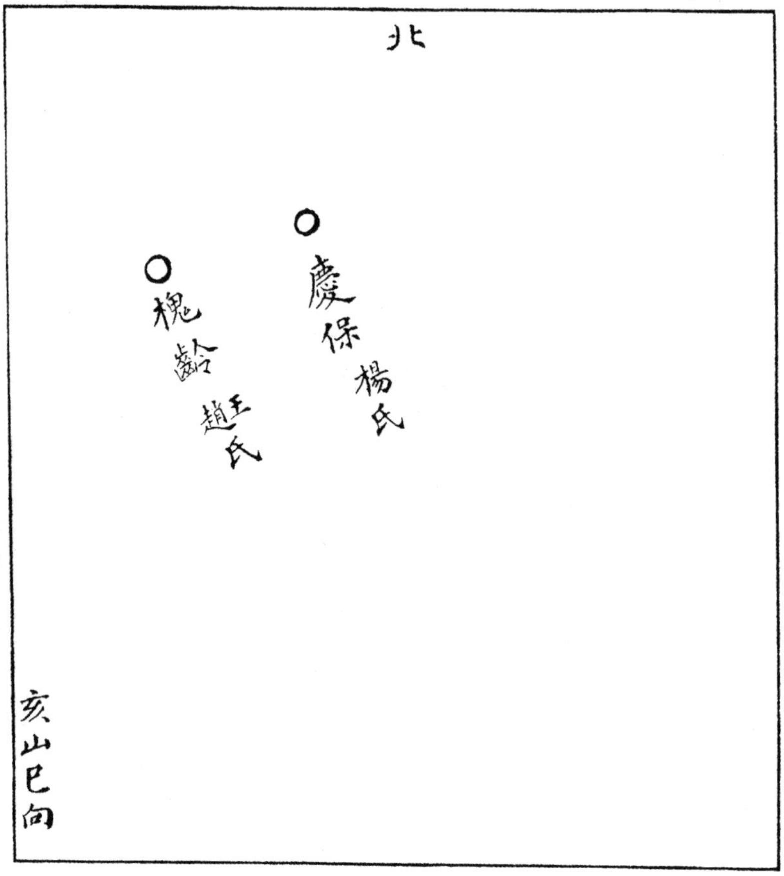

塋在其塔木北太平山南去第十三塋三里兆二亥山巳向東南至本姓地西至王姓地北至大道

弟十五塋圖

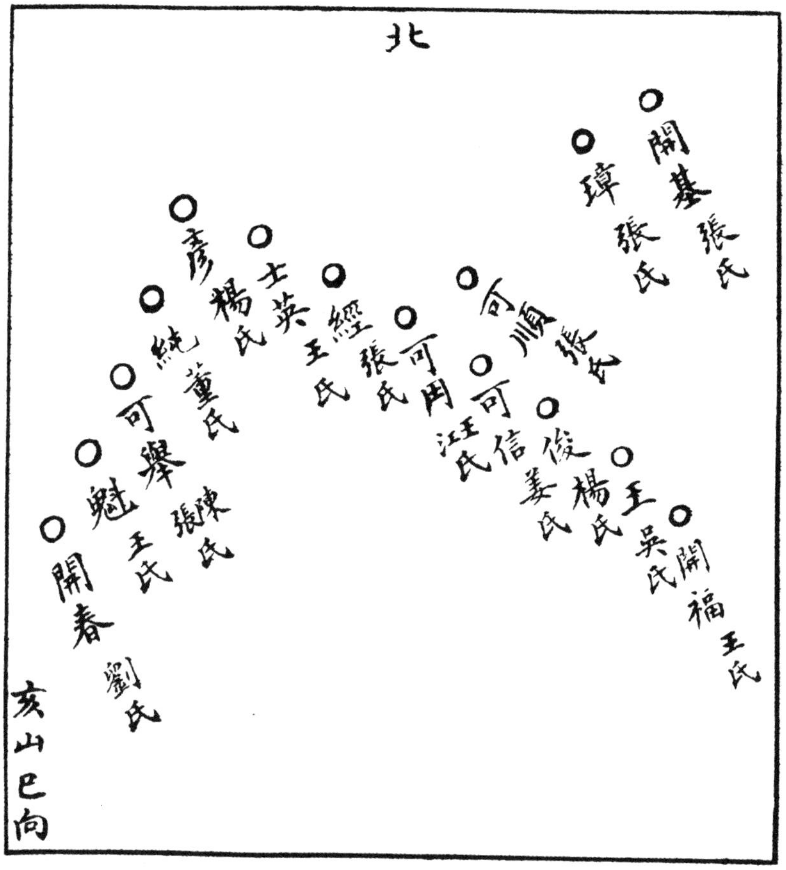

塋在其塔木屯西北四里去弟十四塋半里兆十有五亥山巳向四至本姓地塋域東西長六十五弓南北寬六十弓

第十六塋圖

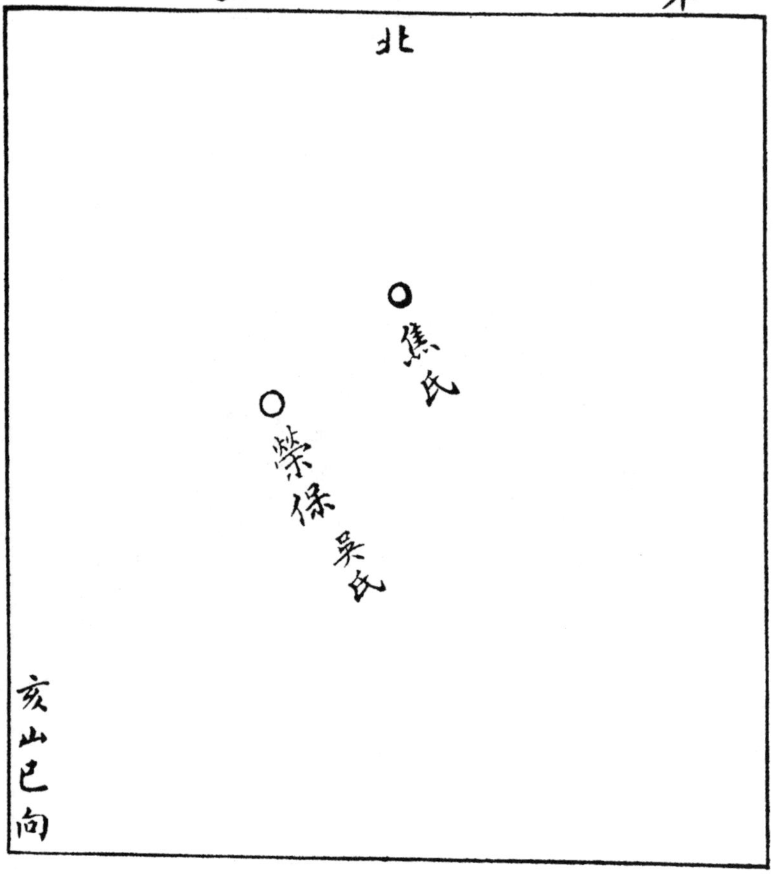

塋在其塔木西北瓦房嶺東北去弟十四塋半里兆二亥山巳向四至本姓地塋域一畮三分

第十七塋圖

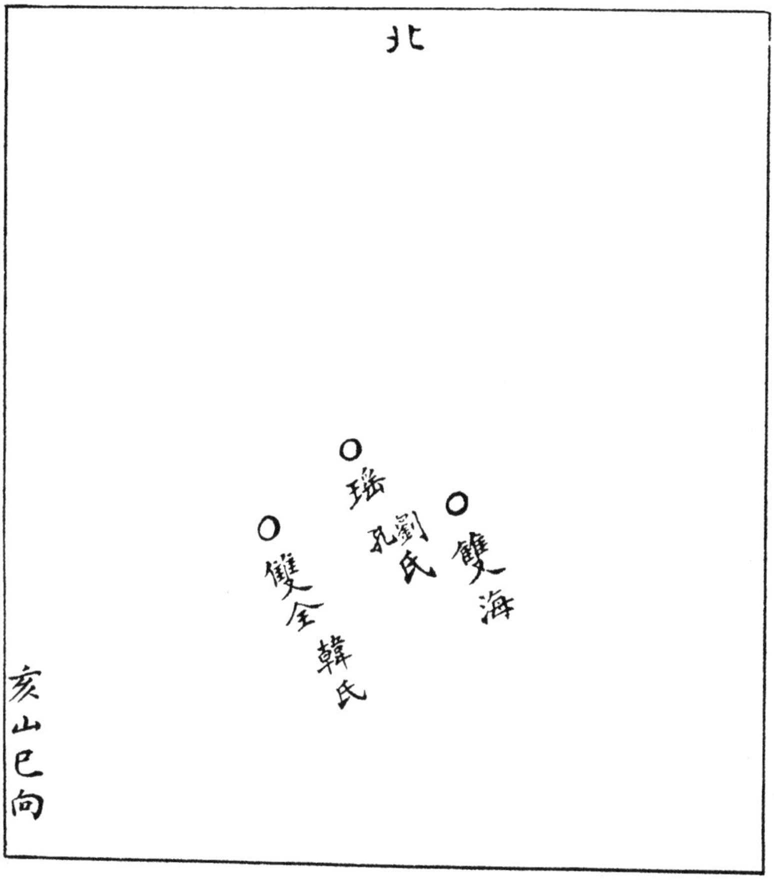

塋在太平山瓦房西南去第十六塋一里强兆三亥山巳向四至本姓地南北六弓東西九弓

第十八塋圖

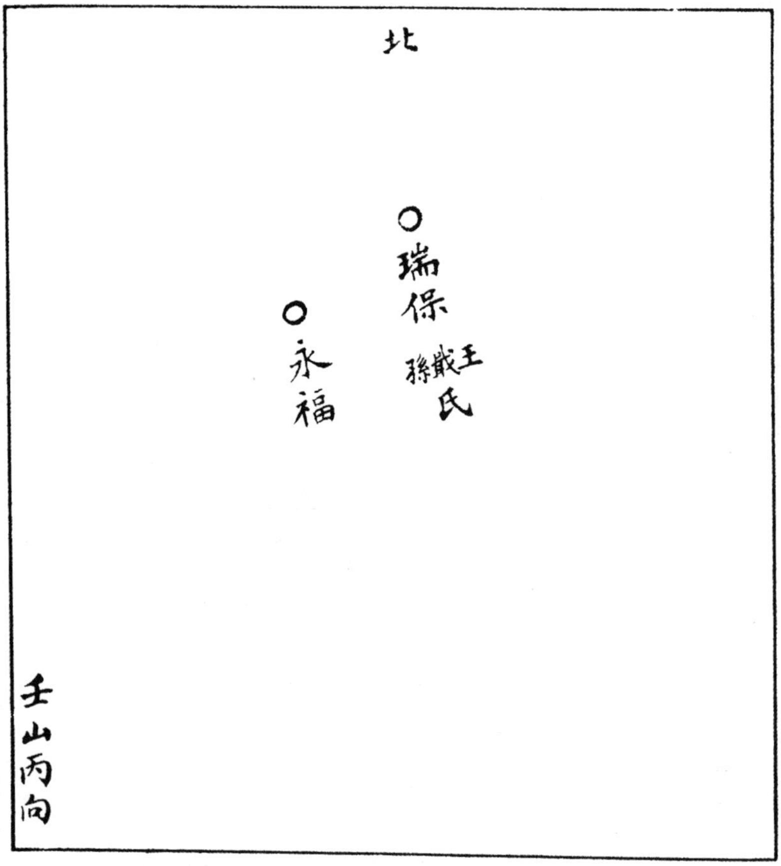

塋在太平山瓦房西南一里與第十七塋毗連兆二壬山丙向四至本姓地塋域一畮三分

成氏家譜卷之

十

第十九塋圖

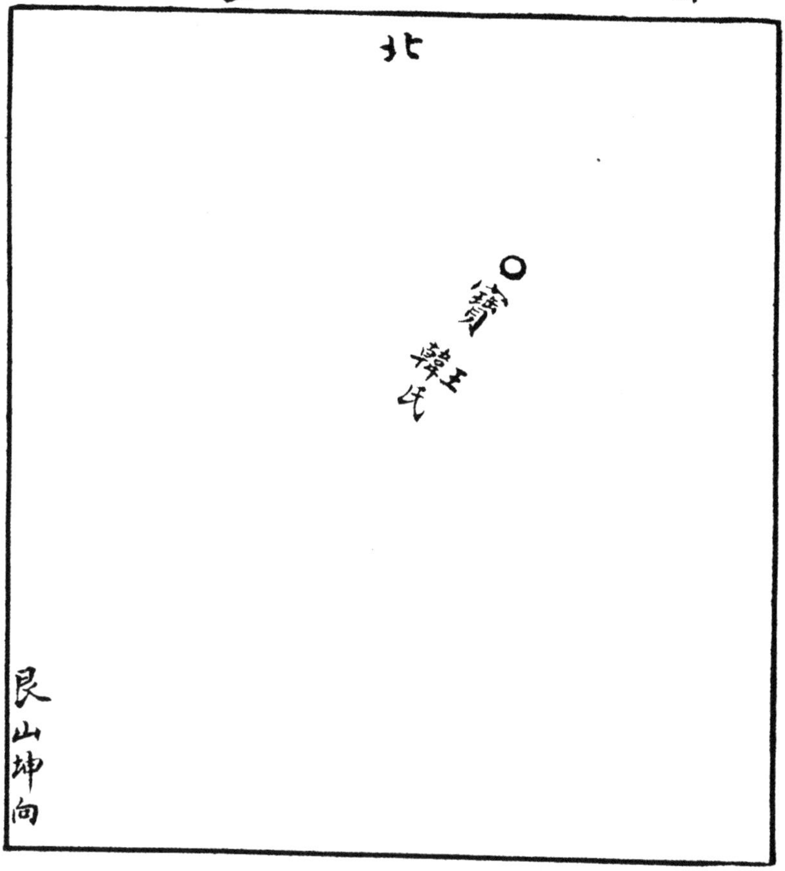

塋在太平山瓦房西北去第十八塋二里兆一艮山坤向四至本姓地塋域一畮三分

第二十塋圖

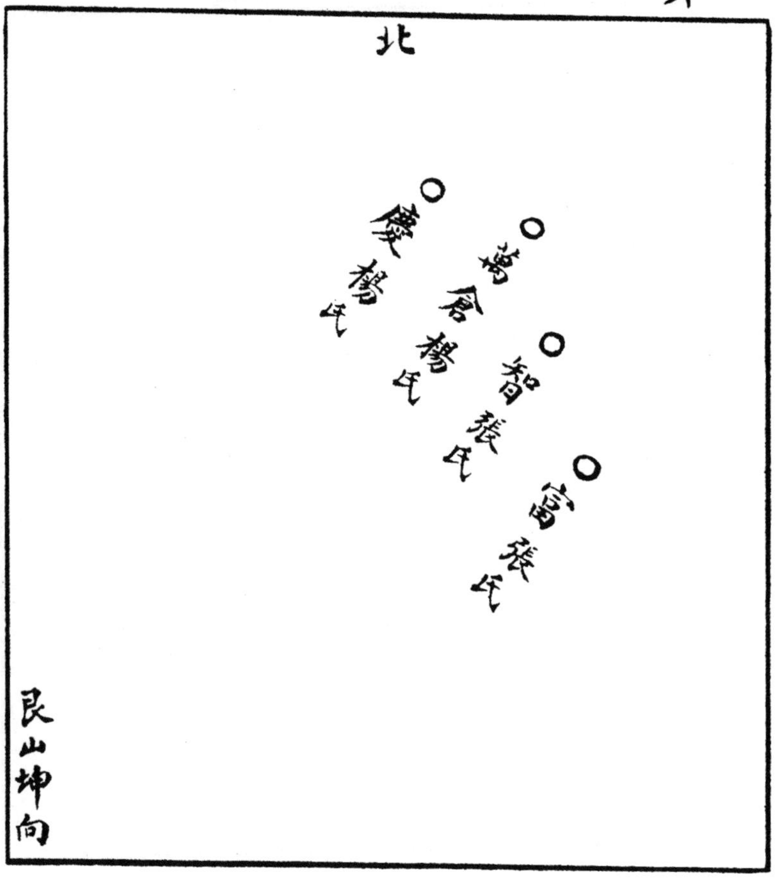

塋在瓦房西北與弟十九塋相連兆四艮山坤向四至本姓地塋域一畮三分

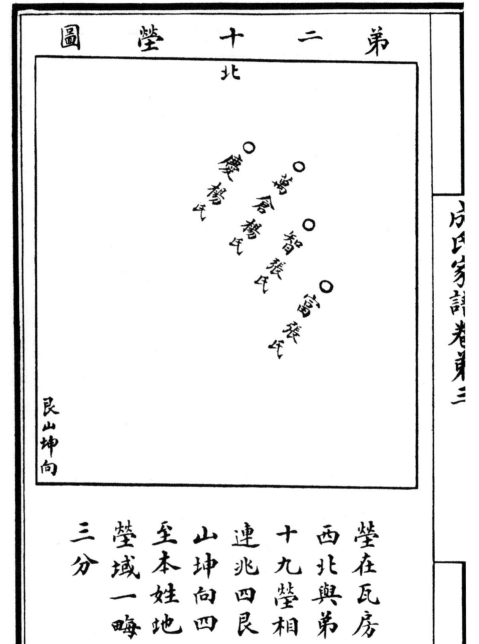

第二十一塋圖

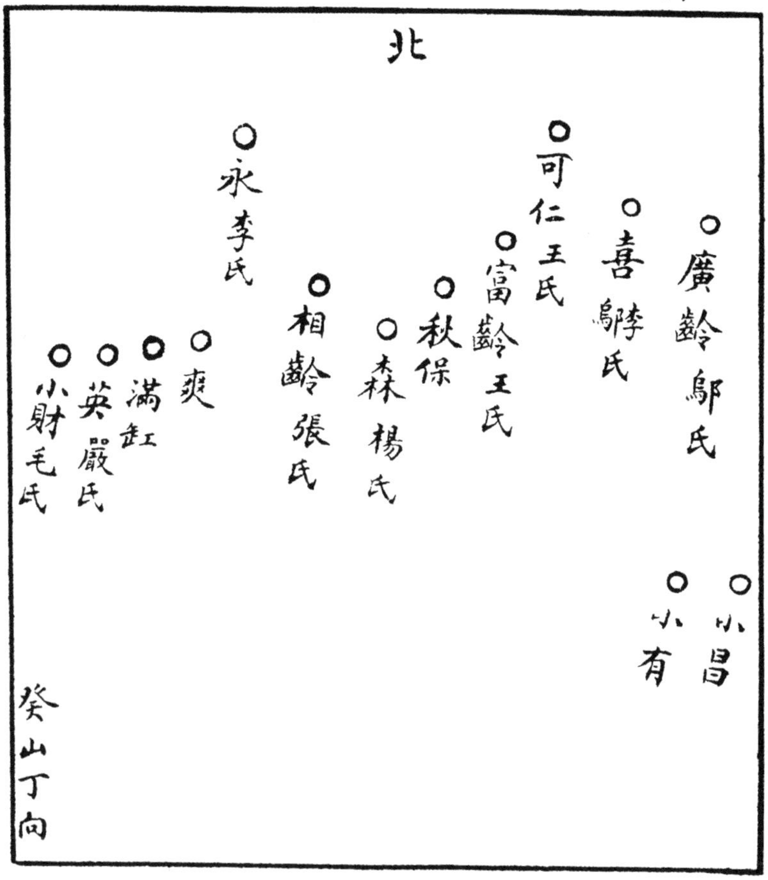

塋在瓦房西北大窩堡去二十塋三里兆十有四癸山丁向南北至趙姓地東至本姓地西至趙姓地塋域南北四十弓東西八十弓

第二十二塋圖

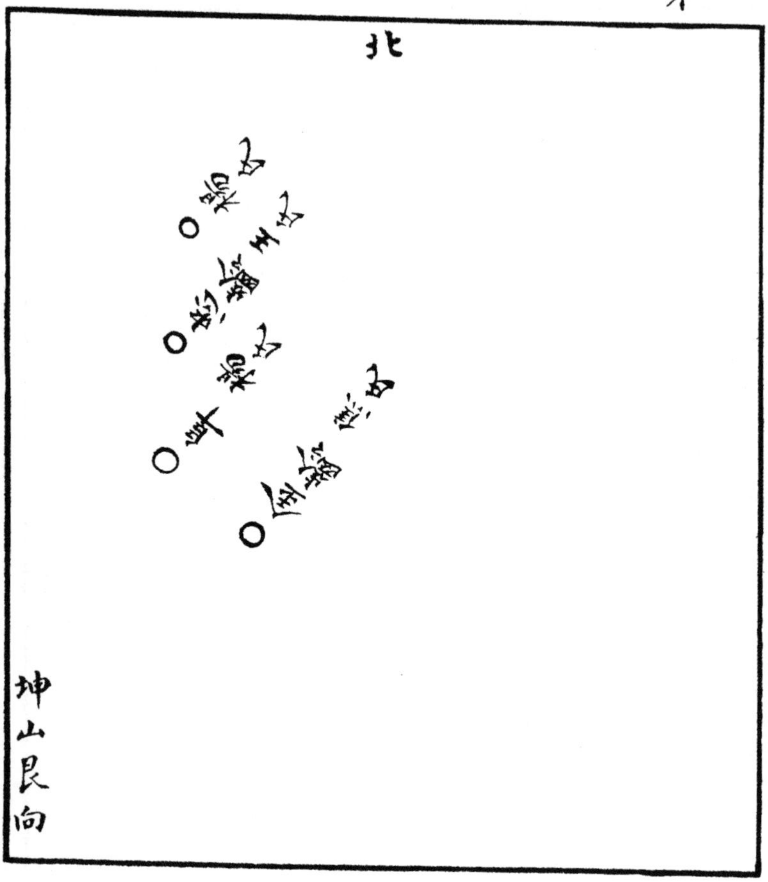

塋在其塔木西北大窩堡距屯十三里去弟二十一塋一里半兆四坤山艮向四至楊姓地南北八十弓東西四十弓

第二十三塋圖

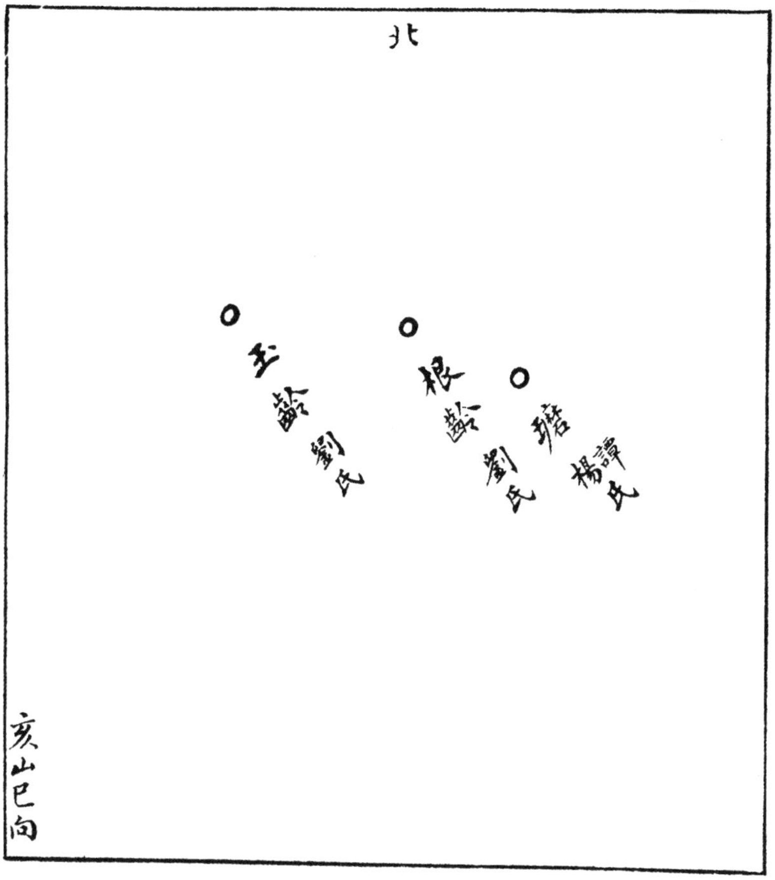

塋在大窩堡嶺西與第二十二塋相連兆三亥山巳向四至本姓地塋域一畮三分

第二十四塋圖

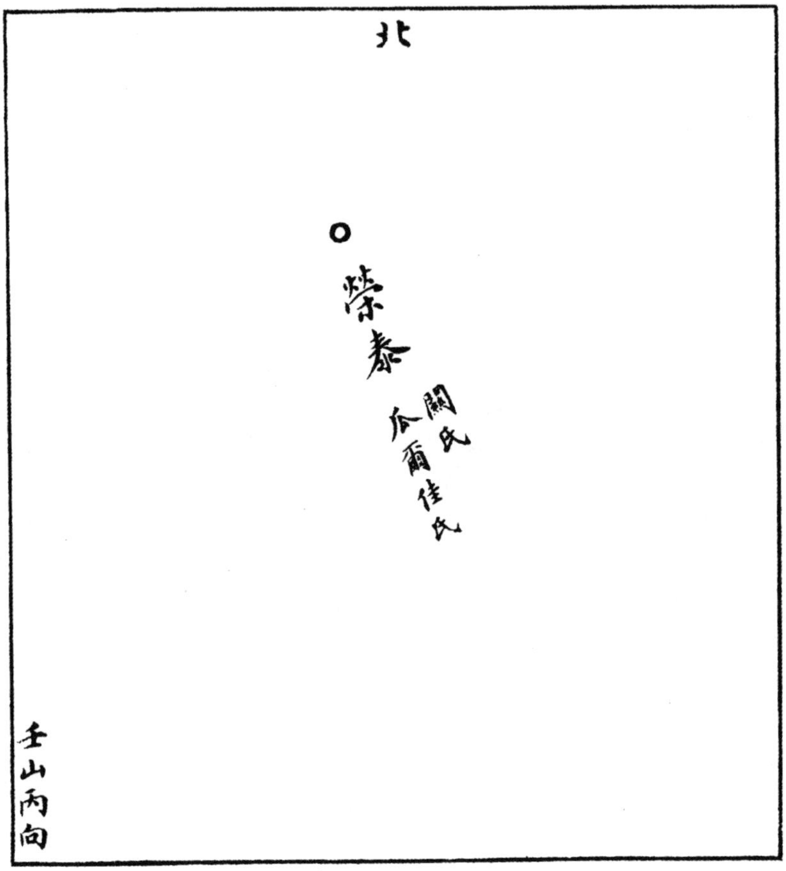

塋在其塔木西北瓦房西南嶺之麓去第二十三塋二里兆一壬山丙向四至本姓地光緒二十八年三月改葬於此

第二十五塋圖

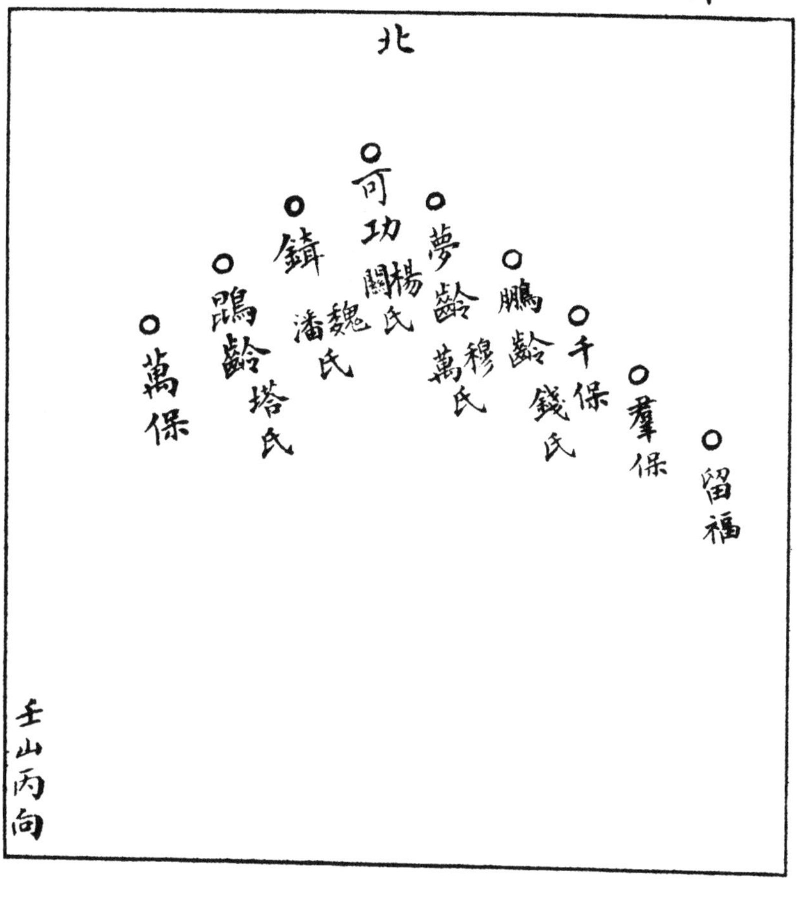

塋在瓦房西南三叉河陽去二十四塋二里兆九壬山丙向四至本姓地南北七十三弓東西五十六弓

第二十六塋圖

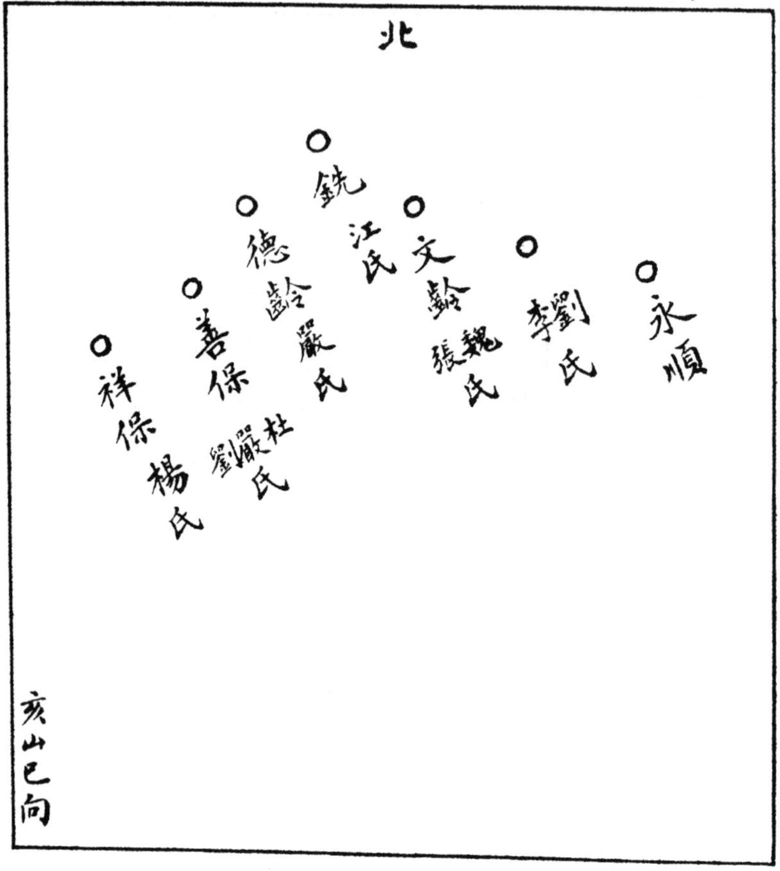

塋在瓦房西南三叉河陽去二十五塋二里兆七亥山巳向四至本姓地南北四十弓東西四十四弓

第二十七塋圖

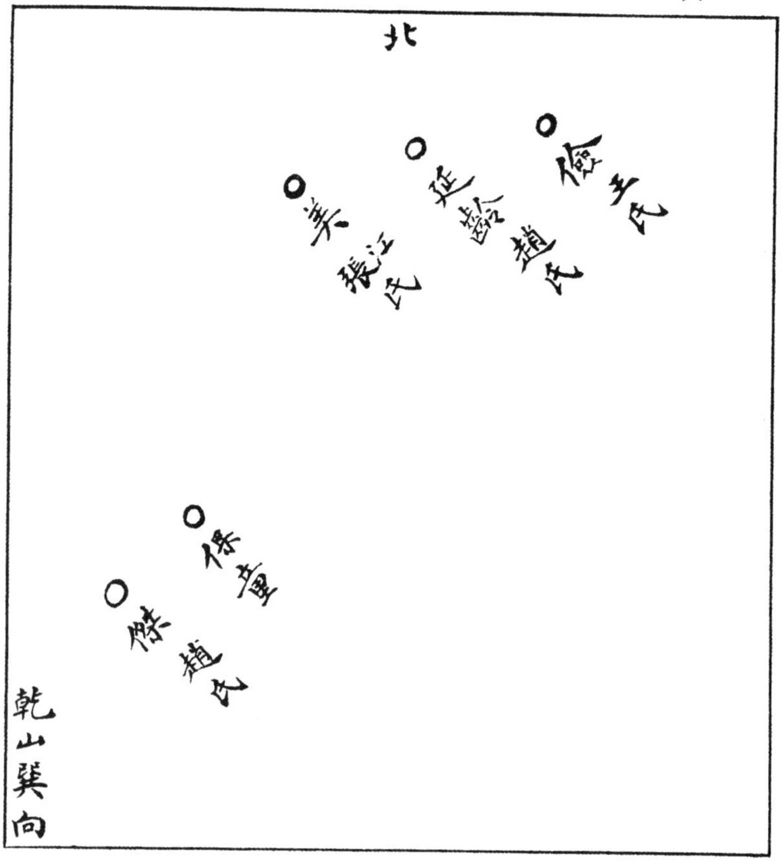

塋在其塔木西南六里三岔河陽去第二十六塋一里强兆五四至本姓地東西七十弓南北六十五弓

吉林成氏家譜卷弟三

成氏家譜卷弟三

遷徙篇第四

成氏家譜

於煌我祖肇遷於東烏拉拓地一畝之宫一遷再遷或匱或豐其塔木里耕鑿雍雍聚族於斯梓敬桑恭後者宦轍兵商與工去我閭井懷我祖功譜遷徙

烏拉薩哩巴屯 始祖岐山公於康熙二十四年由京旗撥歸烏拉總管衙門漢軍正黄旗住城北薩哩巴屯距烏拉城三十里距吉林省城一百里

其塔木屯 二世祖意公彦公於□□年遷烏拉北其塔木屯距烏拉八十五里距吉林省城一百六十里

東甸子 六世存泰公於□□年遷其塔木東東甸子距屯五里

太平溝大窩堡 五世可仁公阜公於□□年遷大窩堡距其塔木十三里

太平山瓦房 五世贈騎尉公於□□年遷其塔木西北瓦房距屯五里距烏拉九十里

撥旗附

烏拉協領衙門 八世桂保以軍功補花翎防禦於□□年撥歸烏拉協領衙門正黄旗當

差

成氏家譜卷弟四

吉林成氏家譜卷弟四

祠宇篇第五 闕

成氏家譜

堂堂國旗用滿人禮祭神祭天奕葉如此夾室東西
昭穆以紀大宗小宗云胡能已歲月悠悠廟食虛矣
潔爾豆籩告我孫子存此闕文濡筆以俟譜祠宇

吉林成氏家譜卷第五

成氏家譜卷第五 闕

祭田篇第六

成氏家譜

義田良灋范公刱之唯　中憲公曠世而師棉力雖薄若礎有基百四十畮松江之湄歲時伏臘用備牲犧餘及昏嫁並恤孤嫠高原膴膴嘉禾離離譜祭田

成氏家詩卷第六

祭田圖

祭田十四垧在烏拉城松花江南岸薩哩巴屯東北距屯三里所中有守墓屋宇坐南向北三間坐西向東三間四面以石柱為界東西北均至壕南至大道地契一紙

吉林成氏家譜卷第六

命名篇第七

成氏家譜

繄古命名厥有深義惡疾山川必戒必忌或紀家祥或榮君賜以次而推伯仲叔季孔孟世家昭然勿替脫有參差燕毛莫序後者宗祊視此廿字譜命名

成氏家譜卷第七

霖翰華宗溥雲書厚澤承緜綸昭鳳緒繩秀裕麟徵

十一世□霖

十二世翰□

十三世□華

十四世宗□

十五世□溥

十六世雲□

十七世□書

十八世厚□

十九世□澤

二十世承□
二十一世□緜
二十二世綸□
二十三世□昭
二十四世鳳□
二十五世□緒
二十六世繩□
二十七世□秀
二十八世裕□

二十九世□麟

三十世徽□

吉林成氏家譜卷第七

昏嫁篇第八

成氏家譜

悠悠里閈戚戚四方疇為我出疇屬外黃記載闕如

有美胡彰伯叔娣姒甥舅姑章蔦蘿是施松柏是芳

物必有偶昏因孔臧閭里之榮族鄰之光譜昏嫁

[illegible]氏家譜卷第八

四世
綠元配杜氏東甸子杜□之女
五世
薩秉阿元配楊氏北山楊□之女　繼配關氏楊木
林子關□之女
女適亮子屯花翎佐領常德
六世
榮泰元配關氏小郭屯呼倫貝爾副都統依□之女
繼配瓜爾佳氏風口屯正黃旗滿洲贈伊犂將軍

□□之女伊犁將軍一等威勇侯榮全之妹

長女適謝家屯鳳□

次女適烏拉街漢軍正白旗五品翼領富森保

七世

鵾齡元配塔氏五台塔□之女

多祿元配孟蘇哩氏吉林北哈達灣正藍旗滿洲記名副都統花翎協領金福之女記名副都統花翎協領慶恒之姊　繼配他他拉氏吉林南鰲哈達屯廂紅旗滿洲贈朝議大夫富紳布之女驍騎校

榮陞花翎三品銜即選道魁陞之妹
　長女適吉林東關花翎同知銜衣廼紳
川齡元配戢氏戢家溝戢□之女
壽齡元配張氏太平溝張□之女　繼配石氏東哈
　什瑪屯石□之女
鳳齡元配温氏温家屯温□之女
松齡元配蕭氏其塔木蕭□之女
椿齡元配王氏五台王□之女　繼配趙氏成家窩
　堡趙□之女　戢氏戢家溝戢□之女　周氏周

家屯周□之女

淮齡元配王氏黄毛屯王□之女　繼配趙氏南三

家子趙□之女

八世

來保元配武氏缸窯南夾板嶺武殿生之妹

小有元配侯氏其塔木東鮑家屯侯□之女

祥保元配楊氏北山楊□之女

善保元配嚴氏北甸子嚴□之女　繼配杜氏東甸

子杜□之女　楊氏荒地楊□之女

瑞保元配王氏六台二道溝王□之女　繼配戢氏
戢家溝戢□之女　孫氏小房身孫□之女
桂保元配劉氏新立屯劉忠惠之女
春保元配楊氏大荒地楊寬之女
喜保元配劉氏其塔木劉長春之女
興保元配馬氏包家屯馬德永之女
全保元配廖氏南塔孔屯廖德祥之女
萊保元配關氏西哈什瑪屯關爾河春之女
春虎元配高氏山前怌高德仁之女

璽葆元配關氏吉林滿洲世襲雲騎尉瑞亮之女
霙葆元配馬氏吉林馬家頭台正□旗漢軍驍騎校
馬駿顯之女

九世

長海元配劉氏劉家窩堡劉發之女
永順元配楊氏北山楊萬鈞之女
永亮元配徐氏其塔木徐殿士之女
永廉元配楊氏北山楊萬生之女
永春元配關氏西哈什瑪屯花翎二品頂戴佐領雙

成之妹

永林元配劉氏其塔木劉合春之女

永山元配楊氏撥爾河通楊果中之女

永吉元配劉氏其塔木劉貴之女

永福元配馬氏王家甸子馬永桂之女

永財元配歐氏其塔木歐財之女

永來元配楊氏大荒地楊玉會之女

海魁元配楊氏大窩堡楊鳳財之女

永安元配管氏其塔木管文之女

永長元配江氏張家庄子江連吉之女
永滿元配嚴氏其塔木河北嚴德潤之女
永良元配戢氏戢家溝戢連喜之女
永慶元配韓氏張庄子韓學之女
雙慶元配楊氏博爾河通楊果中之女
永和元配戢氏戢家溝戢雙成之女
永祥元配趙氏羅古屯趙□之女
富海元配趙氏其塔木趙才之女
永長元配趙氏温家屯趙永財之女

容山元配關氏哈什瑪屯關連會之女　繼配石氏

東哈瑪屯石祥海之女

富山元配楊氏瓦房楊鳳宜之女

喜春元配張氏張家大屯張明之女

連海元配史氏其塔木史廣盛之女

同海元配景氏其塔木景永貴之妹

十世

貴昌元配周氏其塔木周志禮之女

喜昌元配嚴氏其塔木嚴剛之女

恩昌元配石氏小韓屯石嘎爾東阿之女　繼配江
氏張庄子張士倫之妹
毓昌元配戢氏江東四家子戢忠福之妹
滿昌元配楊氏大荒地楊春旺之妹
萬昌元配張氏張大屯張德明之女
銀昌元配戢氏戢家溝戢連義之女
祿昌元配王氏西盧屯王升之女
祿林元配王氏西盧屯王永富之女
桂林元配關氏腰哈什瑪屯關叩林之女

恩喜元配焦氏焦家嶺焦福利之女

成氏家譜卷第八

吉林成氏家譜卷第八

藝文篇第九

成氏家譜

北人無文為世所誚豈無哲人匠心獨造寢饋百家靈心四照手澤摩挲金石歌嘯朱絃一聲上薦清廟纂述大原本乎忠孝文字之靈經術之妙譜藝文

成氏家詩卷第九

中憲公家書

父示吾兒多祿知悉前於五月二十四日將父到京平安及所辦一切耽延盼汝寄信等情示知汝等此際諒早已接得矣今又月餘仍未得吾兒平安家信致父懸念晝夜不寐兼之事機遲滯欲罷不能父臨行時曾囑汝母頻通信函父好在京久羈辦事父自家起身至今將近四箇月並未接得一函此中緣故令人不解父身雖在京心實想汝日形焦灼現在父所辦之事不能迅速亦無定局難以告汝母子只可

聽候定有准局再示汝知吾兒於此次信到日速將汝之頭瘡愈否及汝母汝姊均好更將東西各院前屋東嶺各家大屯七奶奶家老少均好一一分晰禀知父方釋懷再問來存身好汝替吾操持家務甚苦心勞意吾臨行時亦曾諄諄囑汝將吾家中一切情形頻寄信來何以至今多日並未令汝舅舅多祿寄一安函此信到時務即催令照辦速寫信交風口屯令富永送城裏迅覓報便寄來吾即放心再每日送汝小舅舅入塾讀書總令其勤而不苦為要吾兒亦

宜自勉勿貪嬉戲也父手諭庚午六月十五日由京
師寶禪寺胡同榮宅寄
字諭吾孫祥保知悉與汝別後靡日不思吾既遠出
所有族中會事及一切昏嫁之資恤貧之費均賴汝
為料簡汝當深體我意沾溉全族萬不可存偏心於
其間也惟各院老幼平安與否汝自知之相隔二千
餘里吾烏得而知之想望情形曷可言喻竊念此行
吾非求榮於吾身實欲有光於成氏汝心地最明白
當早見及也速來函勿遲切囑切囑保卿手字庚午

六月　　多祿謹鈔

附錄張白翔司馬跋

此竹山父書也中有句云吾非求榮於吾身實欲有光於成氏老輩天性之篤胸襟之大即此片言已足令百世後人聞而興起刱業艱難不信然邪晚年還山搜羅子姓親疏蔚成族譜若干卷即竹山問序於余者也此公之光於成氏有志竟成迺知竹山之守綏化勤政愛民得於庭訓者實多人顧不重家學哉宣統元年三月二十五日夔門張

朝墉

附録宋鐵楳兵備跋

余與竹山交稍晚未及仰瞻先德丰采己酉冬竹山自奉天不遠數千里踰興安嶺來訪出其尊人家書遺墨屬題敬讀一過見宅心之厚用意之周雖不外家人父子閒而吾非求榮於吾身實欲有光於成氏二語實足見家庭傳授先輩典型奉此意以愛家即可推此意以愛國竹山宦成而歸固有光於一家矣尚其引申先訓發皇勳業蘄有光

於一國哉竹山其勉諸宣統紀元十月朔有五日

後學通家子宋小濂謹跋於呼倫兵備道署

中憲公歸里詩

吾謀適不用歸卧舊田廬去矣冠裳遠蕭然風月疏青山容對酒白髮漸盈梳招集兒童輩還來讀我書

送兒子入塾詩

弓冶念平生傳家重一經有師來自遠勝我訓於庭消息憐雛鳳工夫問案螢何時有心得歸述阿爺聽

懷吳時齋侍御詩

十年宦海總升沈風雨雞鳴感至今記得陶然亭上坐一杯别酒兩人心

喜高雨人出守昌圖詩

全遼俯控古山河，名杜廉明政不頗。喜聽榆城賢太守，春風一路頌聲多。

多祿謹鈔

附錄楊簡齋明府跋

保卿先生，吾鄉望也。二十年來，過從頗密，所以益吾身心者不少。誠自宦游後，南北馳驅，俗吏風塵，鄙夷可想，非復當年雅談深坐時也。先生不甚吟詩，偶一爲之，自爾絕俗。此卷爲先生歸里後所作，故頗有蕭寥遺世之概，誠老矣。追念曩昔，敬愛鄉

賢爰題數言以志欽仰光緒甲午春三月同里姻

再晚楊誠一敬跋

澹盦詩鈔四卷七世多祿所作待梓

成氏家譜卷第九

先考保卿府君行狀

按譜載我成氏族出山西洪洞後遷河南之確山國初歸京旗隸漢軍七世祖鳳鳴公始遷吉林烏拉城（城距吉林七十里）再遷城北其塔木家焉（其塔木距烏拉八十五里）我高祖廉曾祖祿俱處士王父薩秉阿公始仕於鄉授七品冠帶生三子長明泰次清泰府君其季也府君榮泰公字保卿配先妣氏關生子不存旋亦即世我母氏瓜爾佳少府君五歲府君年四十三始生（祿）故少年事（祿）不詳然得諸先祖妣之言實多府君天性

孝友生甫周歲王父遽棄養稍長先伯父持家嚴府君事之維謹自幼不與羣兒戲好聽人讀書年十二就傅百里外向學亡晝夜先伯父愛憐之弱冠欲就試未果遵旗制讀上清書肄國語遂授筆政府君雖從仕性質樸不諧於俗衣大布衣餘十年量不勝酒食但期果腹不求精惟鼻觀酷嗜烟往往心醉服官骨鯁不阿同治中詔採東珠府君與其役適有遺珠競取之府君獨漠然不與校居亡何有雙城獄經歲不決長官頗難此行府君請與俱至則親為訊鞫手

抵口辯判決如流遂得平反長官方知其能而嫉之亦愈甚會先祖妣病馳歸坐擅離去官家居十載行吟澤藪恆與販夫牧子歌歗而往來初不營營於利祿先祖妣卒府君哀毁骨立水漿不入口者累日同治庚午光復錄用益以風節自勵屢應遷擢皆為所沮卒以騎尉老云居恆寡交遊嘗兀傲自喜惟與衛輝高公善高公者政績炳一時即世所稱雨人太守者也旅京旅吉時相過從吾鄉於濂洛關閩之學久泯其傳惟同里次棠中丞出稍衍其緒一時學者競

相敦囑窮其指趣輒以理學為歸府君敬之重之顧兒輩效之祿不憚千里請業者府君命也馭下不拘常格一出於寬時存淵明彼亦人子之意兵燹之餘難民來自軍中者俗名娃子賤之也府君憐而收養嘗得三人一關殿得在哈察爾為之置田擇耦至今猶存一李國昌安徽故家子府君命業賈有所獲廼得歸一李元湖北孝感人十歲來余家府君憫其幼雖異姓若骨月今則娶妻育子女矣生平循循謹飭不予人難堪不發人隱事故人始忌之而終敬之晚

年好山水喜禪悅有疾進湯藥輒卻之謂死生數也參苓奚為哉今年春夏間健飯安眠與疇昔亡以異忽於五月十五日似有倦容逾一晨夕竟亡疾而長逝矣嗚呼痛哉府君一生行事曷克周知惟其績學之勤秉性之儉居官之廉取友之端遇物之厚觀理之達猶能想像萬一其它得諸傳聞者是非互易不盡書府君生於嘉慶庚辰年十二月二十七日丑時卒於光緒丙戌年五月十六日巳時享年六十有七子一即不肖多祿光緒乙酉拔貢娶孟蘇哩氏女一

適邑庠生富森保孫壐葆女孫一此府君生平大略
伏處鄉閭亡以表襮人世海內博學鴻儒幸哀矜而
潤色之感且不朽多祿謹狀

誥授中憲大夫四品京堂愚姪鄭孝胥頓首拜填諱

先妣瓜爾佳太宜人行狀

嗚呼不孝多祿弱冠喪父自後一絲粟之微皆太宜人是恃一朝棄養家政棼如亂絲千頭萬緒莫理其端不肖跼天蹐地益觸孺慕之私且思懿訓就湮而我母鞠育恩勤不稍表襮於世為辜滋大此所為

淚墨交揮不知其語之無次也謹按太宜人瓜爾佳氏烏拉滿洲世族贈伊犂將軍世襲一等威勇侯□公次女原任伊犂將軍榮侯（榮侯諱全）之胞妹也年三十歸先君為繼配時先大母在堂高年善病太宜人曲盡孝養議酒食侍湯藥細如廁牏洒埽諸役必躬必親里閈姑章時舉其事相風誡先君供職烏拉夙夜在公不遑家食太宜人督僕婢飭耕織靡不惠行而事舉（祿）生時先君已年逾四旬先大母尤憐愛故刻責為寬太宜人素法程母遇事指授楚督綦嚴雖小

過不稍貸祿之稍知成立者太宜人教也同治中先君忤上官罷職太宜人處之怡然蓋生長貴胄初不縈情於軒冕也丁卯年先大母卒我母佐先君治喪哀毀盡禮光緒丙戌先君棄養時祿朝考在都太宜人沈痛幾殆族鄰勸勉扶病支拄然賓祭之儀既戒既備初為祿娶孟蘇哩氏繼娶他他拉氏入門必教以勤儉躬操務為之先雖疾痛間作不輟其業嘗訓祿曰汝家有陰德厥後必昌小子勉之生平天懷淡定亡煩言劇怒馭下仁慈賙恤姻舊出於至性故廚

中食指常滿祿篤鈍不才不能博甲乙第上慰親心歲戊戌赴瀋陽贊戎幕踰年以安輿迎養異鄉團聚天倫至樂毛生捧檄不是過也詎意庚子之變遼海震驚大府懔停戰諭弛堵禦而亂民四起城市為空不得已奉母北行茹雪飲冰備嘗艱苦先是同治丙寅烏拉馬賊四擾太宜人攜姊及祿遯避荒陬歷受驚悸至是闇闗朔漠土匪梗途太宜人雖軫撫諸孫言笑自若而遲暮之年經此顛苦流離氣日以耗體日以羸精力為不支矣辛丑春抵吉痰嗽大作夙之

鼻衄症至夏並發參著雜投卒無效屬纊時神明不滅所以處置家政敦屬子孫者至周且當嗚呼痛哉祿事父亡狀未得親視含殮萬死莫贖方冀長依慈闈蓋前愆而盡子職胡天不惠降此大戾今而後又為失恃之人矣搶地呼天曷其有極茲以大亂初平厝匶蕭寺窀穸未卜謹述我母行略尚冀大君子鉅製鴻題為之闡幽光而揭諸墓道則祿舉家之所厚幸也太宜人於道光乙酉十二月二十五日巳時生於光緒壬寅五月二十六日戌時卒享年七十有八

子一多祿乙酉拔貢花翎候選同知娶孟蘇哩氏繼娶他他拉氏女一適烏拉五品翼領富森保孫璽葆霙葆蔭葆檽葆通葆女孫一適同知銜衣廼紳不孝多祿謹述

先府君保卿公墓志銘

涿州周德至讓三譔

庚寅秋門人多生以其先大人行述見質且匄揭諸墓道之文按狀尋繹知多生之謹飭廼出於庭訓也我朝龍興八旗驍勇甲天下其閒功業彪炳爍然爭

史冊之光者黑龍江吉林人為多吉林山水美秀尤冠東方迤邐婉嬗扶輿旁薄經數千百年始盡洩其奇偶有所鍾則亦超然於什伯庸衆之表有獨到之精神一人焉出則斬將搴旗立功萬里即草茅伏處亦循吾分之所當為責之所當盡不苟為同異以諧俗迄沒世以後里閭中摭其一二事流風餘韻津津而樂道焉君子在下解萬物之紛以輔官司之不逮儻古豪俠者流與保卿少年嶷奇有遠志試不售遽棄儒業援例入仕授筆政而賦性方嚴不隨俗俯仰

往往與當路牴牾雖旋落旋起絕不少易本來之面目以取媚於時其官僅以驍騎校終云方罷筆政而家居也與居與遊多當世英傑杜門謝客益自刻厲意有所觸託爲歌詠不必盡合古人必曲達其恉而後快彼世之營營干祿者賢不肖判然已生平宅心仁厚一以博濟爲懷甲子乙丑間兵燹敉平難民靡所附保卿嘗爲牧養度其力之所至或置田宅或責負販及走伻紀綱者流世俗之靡也慳吝鄙嗇遇人急難事走避之不遑甚至博寬大之名陽爲慈善即

親若昆弟有時儕於路人保卿之所爲不尤足矜式
一鄉而爲歸厚之俗之一助哉由是知保卿介乎出
與處之閒雖未能顯達於時而卓然可傳者良多矣
宜其後之必昌也至其籍貫與其生平多生族志特
詳不復覼縷銘曰
東華佼僕亦行亦藏基嗣之矩嫓鄙之光嶷然阡表
下詒茫茫

吉林成氏家譜卷第九

恩榮篇第十

成氏家譜

惟家有祥惟國有慶世胄簪纓自天有命澤被吾家後先輝映璽書褒榮旌卹封贈卓卓奎章緝熙止敬顯揚宗親于斯為盛何以報國所望子姓譜恩榮

奉
天承運
皇帝制曰奮揚威武固資宣力之臣數錫寵光用
表推恩之典爾薩秉阿廼打牲烏拉驍騎校榮
泰之父躬修克紹庭訓時勤門祚開祥早授豹
韜之業天家有慶聿頒鸞彩之書茲以覃恩贈
爾為武略騎尉錫之勅命於戲義方懋著其教
思果堪負荷休命用酬其貽穀慰爾劬勞
制曰戎事宣勞每興懷於將母王廷沛澤爰錫類

以榮親爾楊氏廼打牲烏拉驍騎校榮泰之母克修壺則聿着母儀教子矢忠藎之忱兜鍪煥彩酬庸本庭幃之訓綸綍生光茲以覃恩贈爾為安人於戲際燕喜之昌期甯忘國命受鸞翔之典冊丕振家聲

制曰功着戎行勞臣有匪躬之節恩均鞠育人子無異視之情爾關氏廼打牲烏拉驍騎校榮泰之繼母婦儀夙著母範克敦忠勇教成愛固逾於己出寵榮溥被誼不殊於本生茲以覃恩封

爾為安人於戲獎勞臣而錫命彩煥鸞章嘉賢
母以揚休輝增象服
咸豐五年十月二十日
奉
天承運
皇帝制曰奮揚威武固資宣力之臣敷錫寵光用
表推恩之典爾薩秉阿廼打牲烏拉六品委驍
騎校榮泰之父躬修克毖庭訓時勤門祚開祥
早授豹韜之略天家有慶聿頒鸞誥之書茲以

覃恩贈爾為武略佐騎尉錫之敕命於戲義方懋著其教思果堪負荷休命用酬其貽穀慰爾劬勞

制曰功著戎行勞臣有匪躬之節恩均鞠育人子無異視之情爾關氏廼打牲烏拉六品委驍騎校榮泰之繼母婦儀夙著母範克敦忠勇教成愛國適於己出寵榮溥被誼不殊於本生茲以覃恩贈爾為安人於戲獎勞臣而錫命彩煥鸞章嘉賢母以揚休輝騰馬鬣

同治十一年十月初九日

奉

天承運

皇帝制曰簡甲兵以樹績騎士爲英懸爵賞以使人武臣是賴爾打牲烏拉驍騎校榮泰職司列校藝冠諸軍簡閱鋭師夙號熊羆之旅弼成賢將能諳虎豹之韜兹以覃恩授爾爲武略騎尉錫之敕命於戲著嘉烈於戎行祇承休奬書成勞於策府勉效馳驅

制曰宣力奏功固賴同心之喆配推恩逮下聿昭
盛世之隆規爾打牲烏拉驍騎校榮泰之嫡妻
關氏效順於家能宜其室備切箴規之助宵旦
殷勤式逢慶澤之施絲綸璀璨茲以覃恩贈爾
為安人於戲淑德揚於中饋樹乃壼儀休章寵
自天朝用昭遺範

制曰虎旅載揚賴芳閨之内助鸞膠再續用寵命
以均頒爾打牲烏拉驍騎校榮泰之繼妻關氏
敬能表範賢克相夫既襲吉於巾袿家閑雍肅

受敷勞於環珮國慶宏施茲以覃恩封爾為安人於戲望前徽而媲美令範攸昭膺天室之殊恩芳型彌播

咸豐五年十月二十日

奉

天承運

皇帝制曰簡甲兵以樹績騎士為雄懸爵賞以使人武臣是賴爾打牲烏拉六品委驍騎校榮泰職司列校藝冠諸軍簡閱銳師夙號熊羆之旅

弼成賢將能諳虎豹之韜茲以覃恩授爾為武
略佐騎尉錫之敕命於戲著嘉烈於戎行祇承
休奬書成勞於策府勉効馳驅

制曰宣力奏功固賴同心之喆配推恩逮下聿昭
盛世之隆規爾打牲烏拉六品委驍騎校榮泰
之妻關氏效順於家能宜其室備切箴規之助
宵旦殷勤式逢慶澤之施絲綸璀璨茲以覃恩
贈爾為安人於戲淑德揚於中饋樹乃壼儀庥
章錫之天朝用貽遺範

制曰虎旅載揚賴芳閨之內助鸞膠再續用寵命以均頒爾打牲烏拉六品委驍騎校榮泰之繼妻關氏敬能表範賢克相夫既叶吉於巾袿家閑雍肅受數榮於環珮國慶宏施茲以覃恩封爾為安人於戲望前徽而媲美令範攸昭膺天室之殊恩芳型彌播

同治十一年十月初九日

封贈

五世薩東阿　誥贈武畧騎尉以保卿公官

元配楊氏　誥封安人

繼配關氏　誥封安人

六世榮泰　誥授武畧騎尉以多祿官贈中憲大夫

元配關氏　誥封恭人

繼配瓜爾佳氏　誥封恭人

七世多祿　誥授中憲大夫

元配孟蘇哩氏　誥封恭人

繼配他他拉氏　誥封恭人

花翎

七世多祿

八世桂保

藍翎

八世祥保

崇保

坤保

十世滿昌

知府

七世多祿光緒三十二年補授黑龍江綏化府知府

同知

七世多祿候選同知

防禦

八世桂保烏拉協領衙門正黃旗防禦

驍騎校

六世榮泰歷任烏拉總管衙門正紅正藍各旗驍騎校

筆帖式

八世祥保烏拉總管衙門筆帖式

委官

五世薩秉阿烏拉總管衙門委官

九世永山烏拉總管衙門委官

五品頂戴

九世永良

十世滿昌

六品頂戴

八世崇保

坤保

九世永山

七品頂戴

八世文保

恩貢生

六世明泰

拔貢生

七世多祿 光緒乙酉科

附生

七世文齡

多祿光緒四年科考入學

國學生

六世清泰

八世瑞保

榮保

璽葆

吉林成氏家譜卷第十

序例

世系圖者所以別昭穆定秩序也按圖而稽一譜之分合若網在綱有條而不紊此為
先中憲公手訂故冠諸首萬派發於一源知其源迺知派之所從出故次支派生卜居卒營兆生有所聚死有所歸其義一也故次塋墓去國宜紀去鄉亦宜紀散而渙焉恩亡稽也故次遷徙會典廟制天子以至庶人有家祭則有家廟禴祠蒸嘗亡貴賤一也故次祠宇范氏義田孝子慈孫百世引為鉅典故次祭

田旗籍偁名不偁姓譜系愈繁命名易複嘗有本支卑幼之名顯犯尊長者况遠支耶故次命名詩云不思舊姻求爾新特孟浩然云爲結潘楊好蘇軾云何年顧陸丹青手畫作朱陳嫁娶圖古人於昏因之道三致意焉故次昏嫁言之亡文行而不遠孔子論夏殷之禮文獻並重有獻亡文徵攷闕如故次藝文北史張彝傳子始均著冠帶錄蓋通籍者紀國恩所以揚家慶也晉書夏侯湛傳伊尹起庖廚而登阿衡甯戚出車下而階大夫外亡徵介內亡請謁矯身擢手

徑躡名位簪笏滿牀舉世榮之故以恩榮訖焉凡十篇右序分篇之例

譜曰吉林志始也斷自始遷戒妄附也中憲公作世系圖序姓源詳其地不詳其人慎也述不博偁猶前志也十一世萃於一譜合之也諸篇引首繫以四言漢書例也七略稱子雲家牒載以甘露生文選王儉集序注引周氏譜載翼以六十四卒劉孝標世說注引叙生卒遵古灋也婦譜卒而不譜生其卒於我而非生於我也其卒有忌日之禮其生非長幼所繫也詳於

表中不再立傳省複也仿金石例作墓圖繫以甲乙示別也凡移撥遷徙雖近必書恩失攷也祠雖未成禮舉也田雖未多祭行也舊譜名多相襲定以字則諱可亡犯也歸熙甫為夏太常作世譜（見本集）黄梨洲自為世錄雜記（見本集）存蓺文志勿忘也至制誥璽書旌表耆壽皆君賜也隸於篇末所以寓忠孝無窮之思也

右序編纂之例

字諱事實並書臨文不諱也佚名則字佚字則次弟（今日排行）佚次弟則記以方空（逸周書穆天子傳凡闕字皆作方空）辭窮也

序述之文皆書字佚字則名亦辭窮也八世以下皆名卑乎我也六世以上曰某公尊也七世則惟字亡字則名齊乎我也繼嗣書立孫亦書禮有變也庶母不書所生母統於嫡也異母之子不分載統於父也歿而亡嗣者書別於存而有待者也亡子而婦守節者雖未立嗣亦不書（不書亡嗣也）宜有嗣者也婦改適者書庶氏之母孔門不諱經義也晉王氏之譜并離昏而不諱也（世說注引）今不書隱夫凱風孝子之恫也　右序

雜書法之例

譜有表歐陽氏蘇氏皆然兩譜各見本集兼作圖據錢氏例也通志藝文略錢氏有慶系譜後有慶系圖又後漢書盧植傳言同宗相後披圖按牒以次可知詳字與官爵據世說注所引諸譜也其亡官者魏氏譜偁處士世說注引魏氏譜曰顗字長濟會稽人祖允處士今不從惡飾也漢代碑陰氏與處士別也蘇氏譜注不仕今不注亡庸注也魏晉諸譜婦皆注名今不注據孔叢子孔叢子抗志第十曰衛將軍文子之內子死復者曰皋媺女復子思聞之曰此女子之字非夫氏之名也婦人於夫氏以姓稱禮也又或注次第世說注引羊氏譜謝氏譜王氏譜今不注婦以夫為長幼也有子注生幾子歐陽氏譜例也蘇氏譜世

世冠子字文弗別也其亡子者注名下亦歐陽氏譜例也蘇氏注於次格在末格則例窮也歐陽氏譜格盡別起者重書一世明所承也（詢書第一譜之末又書第二譜之首訖書第三譜之末又書第四譜之首）今次譜惟注某之子省複也圖則合十一世為一省注也支派失傳者入譜荀氏家傳例也（世說注引荀氏家傳曰巨伯漢桓帝時人也亦出潁川未詳其始末）後裔亡考者入譜歐陽氏譜例也（歐陽氏譜於名下注闕字）蘇氏譜於祖父之名加諱字歐陽氏譜則從同譜者一族之公非一人之私也故不從蘇氏也序述之文歐陽氏蘇氏皆名蘇

氏乃至名祖父（族譜後錄偁吾祖杲吾父序）今不從嫌斥也詳譜本宗別支則略歐陽氏蘇氏例皆然然二家之譜一支一譜者也今之譜一族一譜者也一支一譜各詳所生即彼此可以互明一族一譜例亡別見義不得而偏略也蘇氏譜生卒注名下今從古灋不記遷從今記從歐陽氏也蘇氏不記婦族及女之所適今亦記從古灋也（世說注引謝氏譜袁氏譜）譜載塋墓據隋書經籍志載楊氏譜也其圖則參用金石例也（潘昂霄金石例一引古金石例云墓圖作方石碑先畫墓圖有作圓象者內畫墓樣各標其穴某人其石嵌之祭堂壁上無祭堂則嵌圍

牆上譜載行事據唐書經籍志也唐書經籍志家傳入傳記家譜入譜系各不相屬舊唐書經籍志始合為一類入譜之歲古無正文庚會終於十九阮牖卒未弱冠二氏之譜載焉見世說注蘇東坡年已二十老泉乃不列於譜非所詳也譜偁至和二年作以東坡年譜攷之持已二十前一年昏王氏矣景城紀氏定以十六歲從版籍也晉法始以十六成丁見晉書范甯傳今仍之

右序損益古法之例

古以紀謚系者為牒史記三代世表司馬注曰牒牒者紀譜系之書也故王氏有家譜復有家牒唐書藝文志又以紀世次者為圖故歐

陽氏譜所列世系全為表式而別署曰圖然史記年表桓譚謂旁行邪上竝效周譜語見南史劉杳傳劉知幾史通亦引之則譜式本曰表劉勰謂譜者普也注序世統事資周普見文心雕龍則普為紀世之正名仍曰譜者從朔也古但曰某氏譜世說注所引皆曰某氏譜惟王渾一條偁家譜疑其羨文曰家譜據隋經籍志唐藝文志所載題里居亦據隋志唐志也隋志有京兆韋氏等譜唐志有東萊呂氏家譜曰某支據楊氏譜也通志藝文畧楊氏枝分譜一卷其文始見唐扶頌漢咸陽令唐扶頌有苗胄枝分之語見隸釋五其省為支則據北齊魏收傳文也傳載收對楊愔曰往因中原喪亂人士譜

牒遺逸畧盡是以具書其支派不曰眷唐書宰相世系裴氏稱東眷中眷西眷僻也曰
次第據後漢書第五倫傳文也傳曰其先齊諸田諸田徙園陵者多故以
次第為氏已所自出曰某公據白氏家傳文也族之尊者
亦曰公據柳子厚叔父墓版文其亡官者亦曰公據
吳仲山碑文也漢故民吳仲山碑偁吳公仲山洪适曰故民者物故之民也見隸釋九
婦曰某夫人據歐陽氏譜也睦夫人欽夫人等皆繫夫之名夫人黃氏等則
繫婦之姓士庶妻亦曰夫人據朱子語類也語類無爵曰府君夫人漢
人碑已有只是尊神之祠曰元配據晉書禮志文也志曰前妻曰元配後妻曰
繼室曰繼配據王介甫葛源墓誌文志曰繼配盧氏介甫又據

儀禮也儀禮喪服傳曰繼母之配父與因母同不曰繼室古之繼室非妻也說詳左傳隱公元年杜氏注及孔氏正義不曰中娶世說注引溫氏譜文不曰次配韓愈昭武將軍李公誌文皆僻也其父稱諱據曲禮文也曲禮婦諱不出門正義曰婦家之諱其佚姓者曰其氏據晉書禮志文也志曰吳國朱某入晉晉賜妻某氏內忌亡文以內諱例之也世說王藍田拜揚州主簿請諱教曰亡祖先君名播海內遠近共知內諱不出於外餘亡所諱

右序偁名之例

準之經易序卦書序詩序皆列後序卦移於李鼎祚書序移於僞孔傳詩序移於毛萇皆非古也今惟序卦復其舊準之史史記自序漢書叙傳

皆列後準之諸子百家讕言越絶書論衡潛夫論文心雕龍類不勝數序皆列後故序例列後也章析之越絶書例也有標目焉史記正義例也說文汗簡類篇目亦列後然旁證少矣故弗為其僻也小目列上大名列下古經解史傳類然禮記目錄曲禮上弟一疏引呂靖曰既題曲禮於上故著禮記於下此古本小目列上大名列下之明證陸游作南唐書尚由舊也重槧移之陋也語見錢曾讀書敏求記譜古制也讕從古類也譜例甚多而獨多取紀氏一家之書從所好可也

右序編次標目之例

方氏家訓虎佢

譜後序

先中憲公立族會置祭田作譜系圖俾子孫世守傳之亡窮此旨殷拳生平如恐不逮嘗顧族人訓祿曰以父母之心為心則天下無不友之兄弟以祖宗之心為心則天下無不和之族人儒先精倫理之學發為名言女繹此恉而達吾志家譜其一端也祿謹志之受命以來夙夜祇懼顧早年顛倒場屋壯歲犇走幾不暖席辛丑自塞上歸欲成此編以參攷一二事未碻而止既而于役龍沙吏事遷延又不果及戊申

送雲陽中丞南旋稽滬上者累月迺徧徵名賢序跋弁諸首今年春中丞重撫陪都余亦相從幕次稍暇始將鄉之藏諸篋衍者敬謹鈔錄釐爲十篇序次如右嘿念　先中憲公生平孝友性成彝倫攸敘而於族譜之事尤用兢兢終以未克成書爲恨禄仰承先烈智識譾陋惡能譜世系而述遺徽然而訓誡之深付託之重言猶在耳感不去心勉爲編輯以冀慰先靈地下耳後有賢子孫能光先業者或詳於記載或精於義灋賡續重編此爲嚆矢可也宣統紀元己酉

嘉平月七世孫多祿謹識

[illegible]氏家譜譜後序

譜字　　號　支

弟　世　　領藏

右吉林烏剌成氏族譜如干卷竹山叅議之
贈公中憲君所手輯也成氏得姓受氏之原與
夫播越柳邊之故其詳已見贈公自序茲不
贅竊攷烏剌者本遼甯江州地明時蒙兀種
人扈倫四部之一烏剌所居為我
太祖皇帝所滅康熙時設烏剌總管於此凡
采珠户悉隸之其地距船廠北偏東六十里

層跋

五一

有城瀕宋瓦江國語云漢曰松嘎里今轉爲松花江曰烏喇宋瓦之名見金史地志東望長白山川明秀乙未九秋予隨松巖將軍按事黑龍江嘗過之其皆惜未識竹山也今夏六月道出蘋州因湯君藝仙識竹山於巡撫程公幕恂恂有道君子文章爾雅竊願交其人八月再過竹山出眎其族譜予讀而韙之昔耶律希亮遭渾都海之亂轉徙天山南北四時即穹

廬出其先世遺象陳列致奠朔漠聚觀者以爲此中夏之禮成氏徙邊二百數十年而贈公譜例猶敦敦於别宗屬懷故土殆與希亮同心均足以教孝於後世嗚呼厚矣嘉慶道光閒竇應成先生蓉鏡邃於經箸爲貢班義述犖然有家法不知於洪洞確山之成孰爲遠近竹山其能過而訪其宗乎是譜既有巡撫程公

朱硯生前輩張季直同年三序遂爲之跋如右
宣統二年九月既望武進屠寄

洪洞成氏
國朝隸旗籍康熙中屯邊吉林
族姓蕃衍 祝三太守出示斯
譜蓋其 贈公所輯而成於君
也東省逼處強鄰公私亟思

喬跋

七一

自立孰知守先王之禮教敬宗收族敦崇孝弟為自立之大者哉

華陽喬樹枏敬識